재혼 시키기

서이

서재 이혼 시키기

이화열 지음

여는 글

타인과 함께 자아를 잃지 않고 사는 법

파리에 정착해서 맞는 스물아홉 번째 여름이다. 내 인생의 절반을 이곳에서 보낸 셈이다. 아이들은 성인으로 성장했고, 타인이라는 경이로운 존재와 사는 기적 같은 일상이 27년 동안 지속된다. 나와 올비는 결혼한 사람 치고는 사이가 그다지 나쁘지 않다. 그러나 취향이라는 비좁은 의자에 같이 앉는 일은 여전히 불편하다.

작가 앤 패디먼은 『서재 결혼 시키기』에서 두 사람의 책을 한데 섞기로 결정하면서 결혼을 완성했다고 썼다. 그들은 서로의 자아만이 아니라 서재를 결혼시키면서 살갗처럼 친숙한 책들과 두 존재의 지성적 결합을 완성한다. 나는 책을 읽으며 결혼의 이상이란 그런 형태라고 짐작했다.

몇 년 전 우리는 이런저런 이유로 합쳤던 서재를 나눈다. 서재를 이혼 시키면서 문득 나는 '닮음'의 열망 때문에 '다름'이라는 현실을 간과하고 살았다는 것을 깨닫는다. 우린 자신의 욕망, 자아를 제대로 알지 못하기 때문에 대상, 그리고 세상을 흐리게 보고 사는 것이다. 차이와 다름을 이해하지 않고서 결혼에서 공존이란 불가능하다고 생각하게 되었다.

이 책 『서재 이혼 시키기』는 내 삶의 체험에서 나온 단상과 시선이 담긴 이야기지만, 궁극적으로 자아를 잃지 않는 독립적인 삶의 태도에 대해서 말하고 싶었다.

1장은 기질과 취향이 다른 영원한 타인과 고군분투하는 결혼의 일상을 담은 에피소드이다. 만약 자신을 제대로 소유하는 법을 알지 못한다면, 타인을 통해서 행복을 찾는다는 것은 불가능하다. 결혼에서 독립은 상대와 연결되었다는 것을 알면서 자기 인생의 주도권을 놓치지 않고 스스로의 욕망과 행복을 타인이 결정하게 내버려 두지 않는 것이다. 이 이야기들은 오래전부터 혼자 부딪치고 사는 것이 힘들기 때문에 자기를 책임져줄 수 있는 존재를 기대하는 사람들에게 던지고 싶은 질문이기도 하다.

2장은 아이들의 성장과 독립을 겪으면서 따뜻한 애착의 습관, 정신적인 탯줄을 끊고 성장하는 부모 이야기다. '자식' 대신 '자신'으로 채우고 살아야 하는 삶의 중요성에 대해서 뾰족한 연필로 밑줄을 긋고 싶은 마음으로 이야기를 적었다.

결국은 단단하고 영리한 행복을 찾기 위해서이다. 타인에게 빌려온 욕망이 아닌 일상에서 자신의 내면과 만나는 행복을 3장에 담았다. 행복은 추구하거나 성취하는 것이 아니라 우리 안에 존재하는 것을 발견하고 스스로 이름 붙이는 능력이라고 생각한다. 산책길에서 주운 사색의 부스러기, 바람 한 점, 하늘 한 조각, 사랑하는 이의 미소에서 기쁨을 발견해내는 습관이자 태도일 것이다. 즐거움이라는 미끼로 현재 순간을 낚는 낚시꾼의 기술을 적었다.

이 책은 나의 여섯 번째 에세이집이다. 에세이를 쓰는 것은 자신에게 끊임없이 질문을 던지고 내면을 들여다보고 세상을 관찰하게 만든다. 수고롭지만 삶이라는 유리창을 조금 더 명료하게 닦아주는 노동이다. 나는 세상을 더 잘 보기 위해서 글을 쓴다. 그것이 나에게는 가장 의미 있는 보상일 것이다.

나는 새로운 요리를 할 때마다 여기저기서 검색한 레시피를 대략 훑어보지만, 어떤 레시피도 그대로 따르지 않는다. 재료와 비율도 정확하지 않다. 결국 내 입맛이 눈금이다. 진정한 요리사는 누군가 만든 레시피를 절대적으로 추종하지 않는다. 인생도 그렇다고 생각한다. 자신의 레시피를 만드는 것이다. 이 책은 그런 의미에서 하나의 가능성이자, 어떤 삶에의 초대라고 할 수 있다.

이 책의 이야기가 누군가에게는 흥미로운 삶의 가능성이 되길…….

그토록 달라 어이없고,
가끔은 허탈한 웃음을 짓게 만드는
올비에게 이 책을 바친다.

2023년 8월

이화열

차례

2 탯줄 자르기

3 온전히 자기 자신과 만나는 일

니체는 우리가 자신을 이해하지 못하기 때문에 자신을 오해하고, 스스로에게 이방인일 수밖에 없다고 말한다. 불면과 함께 시작하는 갱년기는 호르몬의 변화뿐 아니라 인생의 가치, 취향과 욕망, 결혼과 관계를 고민하면서 자신이라는 정체성을 찾는 시기다. 스스로에 눈을 뜨면서, 타자에 대한 새로운 교정 시력을 갖게 된다.

닮음과 다름,
독립과 의존 사이

01

서재와 결혼

서재는 각자의 취향과 정신세계를 알고 있을 뿐 아니라
우리가 미래에서 찾을 것도 알고 있다.
거울처럼 자신을 비춘다는 면에서 서재는 결혼과 비슷하다.

|\|

하고많은 사람 중 왜 그에게 끌렸던가 생각해보면, 처음 그의 아파트에 초대받던 날 서재를 본 순간이 떠오른다. 여느 서재와는 달랐다. 수십 년에 걸쳐 차곡히 쌓인 책들이 주는 미학적 아름다움은 경외심을 불러일으켰다. 서재 주인의 정신세계에 대한 호기심이 한 번도 상상해 본 적 없는 이방인과의 사랑을 가능하게 만든다. 서재가 '열일' 한 셈이다.

올비가 책 읽는 모습을 보면 책벌레가 책을 갉아먹어 치우는 것 같다. 아직도 죽을 때까지 읽을 책이 남아서 육체가 슬프지 않은 책벌레. 책은 식량이고, 숨쉬는 공기다.

모든 사랑이 환영이고 우리가 조작해낸 이미지라고 해도 내가 변함없이 인정하는 건 문학에 대한 그의 지순한 열정, 그리고 아이가 태어난 지 6개월 후부터 고등학교 들어갈 때까지 이어진 16년 동안의 책 읽어주기다. 그렇게 책벌레는 번식한다. 책을 덮거나 깔고 자는 벌레도 있다. 책벌레들은 언제나 책 근처에 산다.

딸 단비는 어릴 적부터 식탁 위에 있는 시리얼 상자 글씨라도 읽어야 했다. 글자 중독은 어쩌면 인간에게 가장 이로운 중독이다. 공항 대합실, 기차, 바닷가…… 책을 펼치고 '딸깍' 문을 닫고 들어가면 아무 소리도 들리지 않았다. 다양한 맛을 경험하면서 미각이 발달하듯, 새끼 책벌레들도 책을 갉아먹으면서 내면의 즐거움을 찾는 방법을 터득한다.

우리는 새 아파트로 이사하면서 프랑스 책과 한국 책을 합친 서재를 만든다. 서재에서 느낀 경외심이 책 더미에 깔릴 것 같은 불안감으로 바뀌는 데 5년 정도 걸린 것 같다. 좁은 서재에 책이 늘어가는 걸 불안하게 지켜보면서도 나는 한국에서 돌아올 때마다 트렁크에 책을 담아 나르고, 올비가 구입하는 책들은 선반을 채우며 빈구석을 찾아 쌓였다. 책 만드는 일을 하던 나는 언제부턴가 책 쓰는 일도 하게 되었다.

갱년기가 시작되면서 잠이 오지 않으면 한밤중에 유령처럼 집 안을 어슬렁거리다 서재에 들어가는 습관이 생겼다. 책을 뒤적거리다 간이침대에서 잠을 자면서 서재는 침실이자 차츰 내 공간이 된다. 처음엔 각방을 쓰는 것이 파탄 조짐일까 하는 걱정이 들기도 했지만, 한밤중에 마음껏 부스럭거리며 책을 읽는 달콤함을 맛본 뒤, 포기할 수 없는 자유가 있다는 걸 알게 된다.

니체는 우리가 자신을 이해하지 못하기 때문에 자신을 오해하고, 스스로에게 이방인일 수밖에 없다고 말한다. 불면과 함께 시작하는 갱년기는 호르몬의 변화뿐 아니라 인생의 가치, 취향과 욕망, 결혼과 관계를 고민하면서 자신이라는 정체성을 찾는 시기다. 스스로에 눈을 뜨면서, 타자에 대한 새로운 교정시력을 갖게 된다. 막연히 정수 '1'이라고 생각했던 결혼은 공통분모와 분자로 나누어지고, 면밀한 소수점으로 질적인 변화를 갖는다. 생물학적으로 말하면, 단세포 원형동물에서 둘로 나눠지고 다세포로 각각 진화를 시작하게 된다.

『서재 결혼 시키기』의 저자 앤 패디먼은 남편과 서재를 합치며 진정으로 결혼한 것이라고 말한다. 앤 패디먼의 남편은 어떠한가. "내 사랑하는 아내에게. 이것은 당신의 책이기도 해. 내 삶 역시 당신 것이듯이"라는 닭살 돋는 사랑 고백을 헌사한다.

몇 년 전, 집 수리를 시작하며 나는 올비에게 정

중하게 요구한다.

"이제 각자 공간에 책장을 갖도록 하자."

우리는 결혼 25년 만에 서재를 이혼 시키기로 합의한다. 서재 안의 책들은 각자 공간으로 나누어지고 2천여 권에 달하는 올비 책이 무상조합과 지하 창고로 들어가는 걸 애써 무덤덤하게 지켜본다. 책장을 나누면서 둘이 중복해 가진 책들을 추려보니, 놀랍게도 스무 권이 넘지 않았다.

그의 서가는 미래 공상, 판타지 문학, 내 서가는 고전과 철학이 주류다. 그가 네 가지 버전으로 소장하고 있는 J. R. R. 톨킨의 『반지의 제왕』을 나는 한 번 읽고 누군가에 넘겨버렸고, 내가 머리맡에 끼고 사는 몽테뉴 『수상록』에 그는 경의를 표하지만 눈곱만치도 호기심이 없다. 어쩌면 서재는 각자의 취향과 정신세계를 알고 있을 뿐 아니라 우리가 미래에서 찾을 것도 알고 있다. 거울처럼 자신을 비춘다는 면에서 서재는 결혼과 비슷하다.

올비는 가끔 나를 "마미"라고 부른다. 마미는 '할머니(Mamie)' 혹은 '나의 반쪽(Ma mie)'이라는 뜻으로 동음이의어다. 엘라스(Hélas)!!!! 오호통재라! 사랑은 결코 두 영혼을 하나로 결합시켜주지 않는다. 불완전한 반쪽이 자신에게서 도망쳐 다른 반쪽을 통해 완벽함을 추구하는 것도 아니다. 독서가 자신을 들여다보게 하듯, 결혼은 타자가 비춰주는 자신을 통해 온전한 반쪽으로 성숙하는 진화 과정이라고 생각한다.

서재를 결혼 시키든 서재를 이혼 시키든, 취향과 기질이 다른 두 존재의 우여곡절이 동반된 여정에서 우리는 닮음과 다름, 독립과 의존 사이에 결국 각자의 적당한 함숫값을 찾게 된다.

올비라는 남자

로맨티시즘 없는 결혼도 힘들지만,
로맨티시즘으로 시작한 결혼도 결국은 힘들 수밖에 없다.

결혼한 사람 중에 '내가 만약 이런 사람인 줄 알았더라면 (그와 혹은 그녀와) 결혼했을까' 하고 자문을 해보지 않은 사람이 있을까?

올비를 처음 만났을 때, 그는 연극과 오페라를 즐기고 운동으로 단련된 몸을 가진 30대 중반의 파리지앵이었다. 솔직히 고백하자면, 그에 대해서 아는 것이 별로 없었다. 그래도, 아니면 그래서 사랑에 빠진다. 빈 도화지에 자신이 원하는 이미지를 투사할 수 있기 때문이다. 그리고 타자라는 미지의 세계에 탐험을 시작도 하기 전에 안착을 결정한다. 로맨티시즘 없는 결혼도 힘들지만, 로맨티시즘으로 시작한 결혼도 결국은 힘들 수밖에 없는 이유다.

단비가 두세 살 적이다. 아침 식탁에서 아빠가 먹고 있는 달걀 프라이가 맛있어 보였는지 단비가 그걸 달라고 하자 올비가 물었다.

"노른자 아니면 흰자?"

이런 특이한 질문에 짐짓 놀랐지만 그건 아마 상대 의사를 존중하는 문화일 거라 생각했다. 그때만 해도 그의 집요한 질문 습관이 나의 평생 숙적이 될 줄 몰랐다.

올비는 주말에 장을 보러 간다. 며칠 전부터 리스트를 작성하면서 묻는다.

"뭐 먹을까?"

별 만족스러운 대답을 내놓지 못한다. 나는 장 보러 갈 때 리스트를 작성하는 일이 거의 없고, 메뉴도 재료를 보고 그 자리에서 결정한다. 올비는 슈퍼마켓에 가서도 메시지를 보낸다.

"남은 포장 닭은 유통 기한이 어떻게 돼?"

"왕새우는 8마리 사야 하나, 16마리 사야 하나?"

"크리스털 식초가 있는지 확인해줄 수 있어?"

오늘은 목록을 적다가 나를 빤히 쳐다보며 묻

는다.

"염소 우유 요구르트야? 아니면 소 우유 요구르트?"

"몇 년 동안 슈퍼를 갔잖아. 요구르트 정도는 알아서 사와. 제발 그만 묻고."

내 외침에 그의 표정은 미풍처럼 흔들린다. 하지만 그건 착각이다. 그는 금방 보통 사람이 상상할 수 없는 질문들을 내놓을 터이니.

아이들이 어렸을 적에 사소하거나 뻔한 질문을 하면 나는 이렇게 대답하곤 했다.

"모든 걸 물어봐서 행동하는 것보다 혼자 해보고 틀리면서 배우는 게 나아."

지침으로 훈련하는 것이 좋은 교육이라고 생각해본 적이 없다. 진짜 요리사는 레시피를 만드는 사람이다. 정보와 지침에만 의존하는 사람은 '대충' 즉, '직관'이 요구되는 상황에서는 완전히 길을 잃고 만다. 직관은 본능적으로 경험에서 축적된 데이터를 활용하는 것뿐이다. 같이 사는 남자가 사용설명서가 없으면 작은 그릇에 큰 그릇을 넣는 사람이라는 걸 알게 된 건 결혼하고 20년 정도 세월이 지난

뒤다.

주말에 올비가 저녁식사를 준비한다. 그는 혼자 요리하거나 장을 볼 때 이어폰을 끼고 라디오 프로그램을 듣는다. 가끔 부엌에서 들리는 폭소에 깜짝 놀란다. 혼자 방송을 듣다가 어찌나 웃는지 얼굴이 빨개지면서 눈물을 찔끔거리기도 한다.

'대체 저 남자는 뭐가 저토록 웃길까?'

나는 저런 폭소를 터뜨리고 웃어본 적이 언제였는지 기억도 나지 않는다. 우린 참 다르다. 그러다가 조금 지나면 "퍽, 메르드!" 국적을 초월한 모든 욕들이 튀어나온다. 뛰어가 부엌문을 열면 그는 몹시 화가 난 표정으로 서 있다. 자잘한 그의 실수에는 항상 자신이라는 원인이 빠져 있기 때문에 세상을 향해 화난 표정이다. 나는 그런 표정에 얼마나 익숙하던가. 복도로 돌아서는 순간 그는 다시 혼자 폭소를 터뜨린다.

오늘 문득, 생각이 스친다.

'어머, 저 저 남자 혹시…… 단순한 남자 아녔어?'

완벽한 스웨터가 존재한다는 착각

결혼도 스웨터도 최고의 선택은 없다.

"오래전부터 정말 궁금한 게 있어요. 어느 순간 결혼을 해야겠다고 마음을 먹었어요?"

비혼녀인 K가 마치 풀리지 않는 숙제인 것처럼 질문을 던진 적이 있다. 연애에서 결혼으로 질적 전화가 되는 시점을 결정하는 순간에 대한 궁금증이었을까? 어쩌면 멀쩡한 사람들이 그런 무모한 모험에 뛰어드는 이유에 대한 질문이었을지도 모른다.

아주 오래전, 올비의 자는 모습을 보면서 '대체 이 사람이 연쇄살인범이 아니라는 걸 어떻게 확신할 수 있는 거지?' 하는 생각을 한 적이 있다. 타자라는 미지의 세계에 안착한다는 건 분명 일종의 도박이다. 스페인 속담에는 결혼이 멜론을 고르는 것처럼 운과 관련된 일이라는 말이 있다.

나는 결혼이 스웨터를 선택하는 것과 비슷한 면이 있다고 생각한다. 우린 스타일과 취향에 맞으면서 자신을 멋지게 보이는 스웨터를 원한다. 만약 자신이 원하는 스타일을 안다면 그런 옷을 찾는 것은 그리 어렵지 않을 수도 있다. 그러나 내가 찾는 옷이 바로 이것이었다고 결정하는 건 어렵다. 백화점이든 시장이든 물건을 결정하는 건 그야말로 우연한 사건이다. 모든 스웨터를 다 입어볼 수는 없기 때문에 합리적이라기보다는 충동적인 요소가 있는 선택이다. 그 계절 그 스웨터가 우연히 내 눈에 들어왔기 때문에 고른다. 하지만 프로이트의 말처럼 결코 무작위로 선택하지 않는다. 우연한 선택에는 과거에 축적된 경험과 발화된 욕망이 내재한다.

중요한 게 있다면 세상에 나를 위한 완벽한 스웨터가 있다는 착각을 버리는 것이다. 나를 멋지게 만드는 건 스웨터보다 옷 입는 사람의 자신감과 편안함이다. 결혼도 스웨터도 최고의 선택은 없다. 만약 최선의 선택으로 만드는 것이 있다면 의지, 노력과 시간이다. 하지만 그조차도 불확실하다. 값비싼 양모 스웨터를 구입했는데 실수로 줄어들어 입을 수 없게 되는 경우도 있다. 아깝다고 옷장에 넣고 보관하는 것보다 과감히 버리고 새로 사는 것이 오히려 최선일 수도 있다.

결혼 앨범을 들춰본다. 세월과 함께 사진 속의 우리가 젊어질 수 있다는 사실이 놀랍다. 눈부신 젊음 뒤에 느껴지는 설익음이 부끄럽기도 하다. 사진 속의 내가 현재의 나와 같은 존재라 할 수 있을까? 개조하고 수리해서 처음에 사용한 부품이 하나도 남지 않은 테세우스 배를 여전히 테세우스 배냐고 묻는 역설처럼, 나 자신뿐 아니라 우리는 사랑했던 사람과는 전혀 다른 사람과 살고 있는지도 모른다.

"너를 만나기 전의 나보다 너를 만난 뒤 내가 더 나아진 존재라고 생각해."

이 문장은 내가 유일하게 기억하는 올비의 고백이다.

따뜻한 햇빛을 따라 앙리지누 가를 걷다가 하늘

을 쳐다본다. 투명한 5월 햇살 속에 차곡차곡 쌓인 남불의 여름이 부드럽게 되살아난다. 나는 느닷없는 행복감에 사로잡힌다. 지나가는 것은 그냥 지나가는 것이 아닌가 보다. 인생은 가끔 그런 찬란한 순간을 선물로 준다.

올비에게 말한다.

"이유 없이 기분이 좋네."

"그래? 그러면 그렇게 쭉 가라고……."

그는 오늘이 결혼기념일이기 때문이라고 생각할지도 모른다. 그가 만약 기억한다면 말이다.

결혼에 대한 고찰, 사랑의 본질을 이해하고 받아들이는 과정을 감동적으로 묘사한 문장을 존 윌리엄스의 『스토너』에서 찾는다.

"젊다 못해 어렸을 때 스토너는 사랑이란 운 좋은 사람이나 찾아낼 수 있는 절대적인 상태라고 생각했다. 하지만 어른이 된 뒤에는 사랑이란 거짓 종교가 말하는 천국이라는 결론을 내렸다. 재미있지만 믿을 수 없다는 시선으로, 부드럽고 친숙한 경멸로, 그리고 당황스러운 향수(鄕愁)로 바라보아야 하는 것. 이제 중년이 된 그는 사랑이란 은총도 환상도 아니라는 것을 조금씩 깨닫기 시작했다. 사랑이란 무언가 되어가는 행위, 순간순간 하루하루 의지와 지성과 마음으로 창조되고 수정되는 상태였다."

– 존 윌리엄스, 『스토너』

그룹 여행
vs.
자유 여행

우리가 백년해로를 한다면
단언컨대 그건 세월이 너무 빨리 흘러가기 때문이리라.

그는 출근하려다가 갑자기 생각이 난 듯 묻는다.

"오늘 저녁 메뉴는 뭐야?"

이 무슨 갑작스러운 질문인가.

"(아, 맞다. 저녁에 손님 초대가 있었지.) 아직 정하지 않았어."

내가 대꾸한다.

오전 10시, 그의 문자를 받는다.

[저녁 메뉴 알려줄 수 있어?]

나는 미간에 약간 힘을 주면서 답장 메시지를 쓴다.

[메뉴는 알려주지 않을 거야. 왜냐하면 아직 모르

기 때문에. 만약 와인 때문이라면 레드, 화이트 둘 다.]

[알겠어.]

물론 그렇게 호락호락 포기할 그가 아니다.

11시쯤 메시지가 다시 도착한다.

[2시 전까지 메뉴를 보내줄 수 있어? 점심시간에 치즈를 살까 어쩔까 해서.]

[응. 그냥 치즈 사.]

오후 3시, 부엌에 음악을 켜놓고 느긋한 기분으로 디저트를 만들기 시작한다. 내가 가장 좋아하는 순간이다. 나의 유일한 계획이 있다면 저녁 7시 전까지 디저트와 몇 가지 요리를 만들 거라는 것뿐. 냉장고 속에 있는 재료를 가지고 기분 내키는 대로 요리할 것이고 분명히 그 음식은 성공할 것이다.

만약 인생의 목적이 살아 해치우는 것이 아니라면, 맛을 음미하듯 일상의 순간을 마음대로 늘리고 줄이는 기술을 터득하는 것이 필요하다. 나의 즐거움은 목적 없는 자유 여행. 그는 계획이 완벽한 그룹 여행을 좋아한다. 우리가 백년해로를 한다면 단언컨대 그건 세월이 너무 빨리 흘러가기 때문이리라.

모든 걸 다 잘하는 여자

결혼에서의 미덕은 효율성이 아니라 참을성이다.

나는 결정하는 데 시간이 별로 걸리지 않는 편이다. 그래서 누군가와 쇼핑하면 기다리게 된다. 기다리는 것도 기다리게 하는 것도 불편하니 그냥 혼자 쇼핑을 하고 만다.

올비와 마르셰에 가도 답답한 건 마찬가지다. 사람 많은 마르셰 통로를 빠져나오면서 뒤에 처진 올비를 기다리다가 결국 혼자 줄행랑쳐 장을 보고 만다. 속도가 빠른 사람은 느린 사람을 불평하고, 느린 사람은 빠른 사람에게 스트레스를 받는다.

나보다 속도가 좀 더 빠른 존재가 단비다. 어려서부터 그랬다. 옆에 있으면 숨이 차고, 어쩐지 내가 좀 멍청하고 걸리적거리는 기분이 들 때도 있다. 그런 단비 옆에서 내가 어쩌면 올비에게는 좀 부담스러운 존재였을 수 있다는 생각을 한 적이 있다.

저녁에 단비 친구가 만든 디저트를 가져와 나눠 먹는다.

단비가 말했다.

"이 레몬 타르트에 들어간 재료를 맞혀봐. 비밀은 사블레에 있어."

사블레를 입에 넣고 맛을 본다. 레몬 콩피가 들

어간 일급 파티스리 맛이다.

"바닐라!"

"맞았어. 엄마는 역시!"

단비 칭찬에 으쓱해진다.

올비가 중얼거린다.

"난, 하나도 모르겠는데……."

단비는 그 친구가 어찌나 다재다능한지 6개월에 끝나는 연수를 2개월 만에 끝냈을 뿐 아니라 디저트 만드는 실력도 파티셰급이라며 덧붙인다.

"지난번에 스튜디오 덧창이 고장 났을 때 같이 갔던 친구야."

"그 친구가 고쳤을 거 같은데."

내가 말했다.

"응. 맞아. 갠 정말 못 하는 게 없거든."

내가 감탄을 연발하자, 올비가 중얼거린다.

"그런 타입과 사귀는 여자는 얼마나 짜증 날까?"

내가 깜짝 놀라 묻는다.

"모든 걸 다 잘하면 편하지 그게 왜 짜증이 나?"

"그래도 짜증 날 거 같아."

올비가 말한다.

그 말을 듣고 아들 현비가 말한다.

"엄마도 다 잘하는데……."

내가 올비에게 묻는다.

"그런데 어떻게 그 긴 세월을 견뎠어?"

"고통스럽게."

내가 올비에게 잔을 부딪친다.

"무모한 짓이야. 자. 이제 내려놔."

아이들이 웃는다.

나는 올비가 계획하는(꾸물거리는) 시간에 쓱싹 해치운다. 잘하려는 건 잘하려는 의지가 있기 때문이라고 분통을 터뜨리면서.

친구가 이렇게 말한 적이 있다.

"올비는 얼마나 스트레스 받겠니?"

"왜?"

"넌 항상 금방 답을 찾으니까."

"나는 누군가 옆에서 그렇게 해주면 좋겠는데?"

친구는 그게 아니라고 했고, 나는 그렇다고 우겼다. 하지만 그건 내 바람이었을 뿐이다.

대학 시절 우연히 버스 차창으로 부모님이 길을

걸어가고 있는 모습을 본 적이 있다. 아버지는 다섯 걸음 앞에서 어머니는 뒤에서 걷고 있었다. 어머니는 어머니의 속도로, 아버지는 아버지의 속도로 걷고 있는데, 버스가 서행하는 동안 두 사람의 거리는 한 걸음도 좁혀지지 않았다. 평생 두 분은 그 거리를 좁히지 못하고 황혼이혼 하셨다.

한 배를 탄 운명이니 한 사람이 잘하면 한 사람이 뒤에서 박수 쳐주는 게 결혼이라 생각했다. 하지만 결혼은 그게 아니란다. 몸이 저절로 튀어나가도 시장통 한가운데 어물쩍하게 서 있는 남자를 끌어당겨 앞세우고 뒤처진 마음도 챙겨야 한다. 결혼에서의 미덕은 효율성이 아니라 참을성이다.

몇 년 전부터 메뚜기처럼 뛰어다니다 큰 부상을 몇 번 당한다. 크로아티아에서는 무릎 앞에 있는 돌덩이를 못 보고 부딪혀 몸이 날아갔다. 바닥에 떨어지면서 카메라가 갈비뼈로 들어왔다. 충격으로 길바닥에 누워 일어나지 못했다. 길거리 모든 사람이 벌떼처럼 모여들었지만, 올비는 두리번거리며 내 머리만 찾고 있었다. 간신히 뼈를 추슬러 파리로 돌아왔다. 스페인에서는 고통스러운 트래킹을 빨리 끝내려고 산에서 뛰어내려오다가 미끄러져 팔목을 부러뜨리기도 한다.

추락 사고를 몇 번 겪고 난 뒤, 노인들이 조심스럽게 걷는 이유를 알게 된다. 그래서 요즘은 계단을 내려갈 때, 길을 걸을 때 나도 모르게 올비 팔짱을 낀다. 슬픈 건지 다행스러운 건지 세월이 속도를 조절해준다.

노부부가 손잡고 걷는 뒷모습이 세월의 풍파에 살아남은 사랑의 어떤 증거인 듯 잔잔한 감동을 받은 적도 있지만, 이젠 서로 지팡이가 되어줄 수밖에 없는 울적한 세월 때문이라는 것을 깨우친다.

'혹시라도'라는 섬

여행도 인생도 기분 좋은 우연은 얼마든지 존재한다.
리스크와 친해지는 용기만 있다면.

올비 씨는 드디어 중고 사이트에서 그가 소장하고 있는 카메라를 구입하겠다는 사람을 찾는다. 그런데 구매자가 카메라를 사러 집에 온다는 저녁 시간에 느닷없이 이웃인 크리스티앙을 초대해 아페리티프를 마신다고 한다. 올비의 장황한 설명에서 어렴풋이 파악한 건, 둘만 있는 집에 낯선 구매자를 들이는 것을 꺼렸다는 점이다.

7시가 넘어서 도착한 구매자는 아랍인이다. 덥수룩한 수염도 없고 말끔한 인상을 가진 젊은이다. 아랍 이름 때문이었을까? 올비와 청년이 거실 테이블에 앉아 카메라 테스트를 하는 동안, 영문도 모르고 불려온 크리스티앙에게 와인을 건네다가 이 연극적인 상황에 웃음이 나온다. 건국 이래 침략당한 역사만 가진 나라에서 태어났지만, 유럽을 정복한 나폴레옹의 나라, 식민지가 아직도 여기저기 남아 있는 제국주의 프랑스에서 태어나 자란 그의 소심증을 전혀 이해하지 못한다.

올비가 사는 섬의 이름은 '혹시라도(島)'이다. 그는 혹시라도 모를 상황에 대비하느라 무수한 계획을 세운다. '혹시라도'에서 세우는 계획은 대부분 물거품으로 돌아갈 운명이다. 대체, 아랍 청년이 총이라도 들이댈까 생각했나? 허나 이런 질문은 의미가 없다. 나 같은 다발성 낙관주의자는 '혹시라도'에서 계획하는 일을 상상한다는 것 자체가 불가능하다.

베를린에 사는 친구가 해준 말이다.

"내 이웃은 크루즈 여행 떠나는데, 배에서 전화하면 어느 섬에서 아이피 주소를 복사해 개인 정보를 빼간다는 말을 듣고 핸드폰을 아예 집에 두고 여행을 떠났어."

독일사람 중에는 전쟁이 날까 봐 집에 밀가루를

열 포대 쌓아놓고 한 포대가 줄면 다시 열 포대를 맞춰놓는 사람들이 많다고 한다. 아무리 전쟁의 상흔이 남아 있는 나라라고 해도 나는 그들의 정신이 온전하다고 장담할 수 없다.

나 같은 낙관주의자 방식이 꼭 만사형통이라는 건 아니다. 백업을 안 해 날린 데이터도 많고, 자료 검색용으로 잠깐 가입한다는 것이 1년 치 회비가 빠져나가도록 모르는 일도 있다. 미리 교통상황을 검색하지 않아 20분 거리를 세 시간씩 차 안에 갇히기도 한다.

하지만 사는 것이 목적이지 전전긍긍 계획하는 것이 무슨 목적이란 말인가. 여행지에서 정보 검색하느라 시간을 바친다면, 그건 여행이 아니라 수고로운 노동이다.

로마 철학자 호라티우스가 질문한다.

"왜 그토록 많은 계획을 세우느라 열을 내는가, 이 짧은 생애에?"

'혹시라도'의 주인은 이렇게 대답할 것이다.

"계획하는 것도 인생이라고!"

그러면 내가 묻는다.

"계획을 실행하는 게 무슨 인생이야?"

하지만 그는 집요하게 계획을 세우고, 나는 집요하게 우연과 조우하는 기쁨을 포기하지 않는다. 여행지에서 우연히 냄새 맡고 들어간 허름한 식당에서 먹은 맛난 음식은 검색해서 찾아간 맛집이 준 경험보다 훨씬 기억에 남는다.

나에게 여행 계획이란 모든 예약에서 해방되어 발길 닿는 대로, 기분 내키는 대로 떠나는 유럽 자동차 여행이다. 여행도 인생도 기분 좋은 우연은 얼마든지 존재한다. 리스크와 친해지는 용기만 있다면 말이다. 부러질지도 모르는 나뭇가지 위에 새가 마음 놓고 앉는 건 물론, 날개 덕분이 아니겠는가!

결혼의 멍청한 면

우리 삶이란 이 세상의 조화로움이 그렇듯이
서로 모순되는 것들로 이루어져 있고,
감미로운 소리와 거친 소리, 날카로운 소리와
나지막한 소리, 여릿한 소리, 장엄한 소리 같은
갖가지 음조들로 이루어져 있기도 하다.

– 몽테뉴, 『경험에 대하여』

나폴리행 비행기에서 기장의 프랑스어 안내 멘트를 듣다가 중얼거린다.

"한국도 이탈리아처럼 나폴리라고 발음해. 나플이 뭐야, 나플이. 프렌치들은 뭐든 전부 프렌치로 바꾸어야 속이 시원한 사람들이야."

올비가 접잔을 빼며 대꾸한다.

"나폴레옹이 이탈리아를 정복했을 땐 프랑스 땅이었으니 프랑스식으로 부르는 거야."

"이런 제국주의자들 같으니라고."

나폴리 공항에서 셔틀을 타기 위해 줄을 서서 기다리는데 시끄러운 이탈리아인 일행이 새치기한다. 먼저 줄을 선 사람들이 뒤로 가라 해도 못 들은 척 꿈쩍도 하지 않는다. 한 미국인이 소리친다.

"이건 정말 부끄러운 일이야."

만약 그들이 부끄러움을 느끼는 사람들이었다면 새치기하지 않았을 테니 그건 공허한 절규다. 세상 어딜 가든 부끄러움을 느끼지 않는 사람을 묵살하고 사는 것이 제일 힘들다.

저녁 무렵, 렌터카를 타고 외곽 호텔에서 나폴리 시내로 나간다. 2킬로미터 정도 운전했을 때, 도로에 신호등이 하나도 없다는 것을 알아챈다. 한 번도 느낀 적 없는 공포가 엄습한다. 자동차들과 오토바이들이 아수라장 틈새를 찾아 재빠르게 움직인다. 조수석에서 창문을 내리고 긴 우산을 꺼낸다. 내가 공포에 질려 외친다.

"대체 이런 민족이 어떻게 세계를 통치했을까?"

생각해보니, 좀 전 공항에서 이탈리아 사람들은 새치기한 것이 아니다. 틈새를 보고 반응하는 습관과 나름의 규칙이었다.

카타콤(Catacomb, 지하 묘지)에 가자는 올비 제안에 화들짝 놀라 묻는다.

"거길 왜 가? 집에서 5분 거리에 있는 파리 카타콤도 한 번 안 가는 사람이."

"나폴리 카타콤이 세계 최고래."

세계 최고와 지하 묘지는 아무래도 어색한 조합이다.

"그냥 일관성 있게 안 가면 안 될까?"

종일 비 소식이라 어차피 폼페이도 베수비오도 볼 수 없어 그냥 가기로 한다.

파리의 카타콤은 해골의 축제인데 반해, 나폴리 카타콤은 텅 빈 무덤들이다. 구원을 믿은 육신들은 어디로 사라진 걸까? 죽음의 의식은 어차피 산자의 소관이다. 필사(必死)의 운명인 인간이 죽음조차 볼거리인 양 카메라에 담는 모습을 본다. 세상의 모든 묘지들은 삶이 영겁의 안식 사이에 잠깐 머무는 순간이라는 걸 가르쳐준다.

드디어, 베수비오 화산을 보러 간다. 소마 산 정상 주차장 입구에 올라갔을 때, 주차장 안내인이 손을 가로저으며 화산 입구가 닫혔다고 한다. 무슨 이유인지, 그리고 언제 다시 입장을 할 수 있다는 건지 모르겠다. 알아들을 수 있는 건, "논로쏘(Non lo so)" 모른다는 한 문장이다. 폼페이와 베수비오 화산을 보려고 나폴리까지 온 올비는 상심한다.

그가 절망스러운 표정으로 묻는다.

"자. 이제 뭘 하지?"

"포지타노는 너무 먼가?"

아말피 해변의 절벽 마을은 며칠 전 아말피를 갔다가 관광객이 많을 거 같아 지나친 곳이다.

올비는 별수 없이 내키지 않았던 포지타노에 가

기로 한다. 베수비오에서 내려오는 구불거리는 산길 때문에 속이 매스꺼워지기 시작한다. 고속도로로 진입하는데 올비가 말한다.

"일요일인데 사람들이 많아서 막히면 돌아와야 할지도 몰라. 내비에 얼마나 걸린대?"

흠잡을 데 없는 문장이지만, 어딜 가든 교통 체증부터 생각하는 남자와 30년 가까이 사는 여자에게는 전혀 다른 문장으로 들린다.

내가 성가신 말투로 대꾸한다.

"오늘, 약속 있어? 아니 왜 어디 떠나기도 전에 막힌다는 생각부터 하는 거야? 그럴 거면 그냥 호텔에 있으면 되잖아?"

아예 여행하지 말고, 집에 있는 것도 방법이라는 말은 꾹 참는다. 치밀하게 계획하고 꼼수 부린들 교통 체증도 베수비오 화산 변덕도 알 수 없다. 피할 수 없는 건 견디는 법을 배워야 한다. 느긋하게 즐기려고 떠나 온 여행에서 교통 체증 스트레스나 나눠 가져야 한다는 사실에 갑자기 부아가 치민다. 30년을 살아도 이런 기질은 절대 바뀌지 않을 거라는 생각에 미쳤을 때 갑자기 화산처럼 폭발한다.

"네가 안 바뀌는 것처럼 그런 너를 보고 화가 나는 나도 안 바뀐다고!!!"

이런 순간 올비는 하지 말아야 할 한마디를 달랑 덧붙이고 만다.

"그럼 다음부턴 나랑 여행 오지 않으면 될 거 아냐."

포지타노로 가는 길은 멀다. 구불거리는 도로 때문에 멀미로 메슥거리는데, 멍청한 문장을 뱉어놓고 상황을 수습하려고 애쓰는 남자 옆에서 속은 용암처럼 부글거린다.

포지타노에 도착한다. 올비가 풍경 사진을 찍는 동안 나는 마을 계단을 타고 절벽 밑으로 내려간다. 아무래도 분노의 용암은 혼자 바닷가로 흘려 내보내는 것이 나을 듯싶다. 좁은 골목 가운데 미로처럼 오밀조밀하고 가파른 계단은 끝이 보이지 않는다. 한참을 내려가는데 땀을 뻘뻘 흘리며 계단을 올라오는 젊은 남자와 마주친다. 그냥 올라가도 가파른 절벽 계단인데 남자 옆에는 이러지도 저러지도 못 하는 거대한 짐가방이 있다. 바닷가에 배편으로 도착한 모양이다.

자기 덩치만 한 가방과 함께 신음을 토하며 계단을 오르는 남자를 보니, 시지프 아니 지구를 등에 멘 아틀라스 신이 떠오른다. 계단 아래쪽에서는 짐가방을 들고 간신히 한 계단씩 오르고 있는 그의 여자친구가 보인다. 젖 빨던 힘을 동원해도 오늘 중 숙소에 도착할 수 있을지 걱정스럽다.

문득 상상한다. 아마 이들은 포지타노 사진을 보면서 매우 로맨틱한 바캉스 계획을 세웠으리라. 그러나 현실은 무거운 짐가방과 씨름하면서 절벽 꼭대기까지 땀 흘리며 기어 올라가는 것이다. 결혼도 어쩌면 이렇게 멍청한 면이 있다는 생각이 든다. 세금을 내고, 교통 체증 때문에 말다툼하고, 기억력 논쟁하고, 상대의 엄살과 투덜거림을 견디면서 화를 내고. 갑자기 부글거리던 용암이 좀 가라앉는 기분이 든다.

사람들은 여행하면서 항상 무언가 놓치는 것을 두려워한다. 포지타노는 그런 곳이다. 안 가면 후회할 것 같은 기분이 드는 그런 여행지, 그러나 막상 가보면 사진으로 본 풍경보다 그리 아름답지 않고, 세상의 온갖 조잡스러운 물건들을 수집해서 파는 상점들이 수두룩하다. 좁고 검은 모래사장에 사람들이 젖은 빨래처럼 늘어져 있다. 어쩌면 사람들은 그곳에 가서 조금 후회할지 모른다. 그래도 가장 아름다운 각도에서 찍어 여행 사진을 올린다. 사람들은 그 사진을 보고 또 포지타노에 가고 싶어 한다. 폼페이를 보고 할 일이 없는 여행객들, 혹은 이유도 모르고 베수비오 화산 입장에 허탕 친 여행객들, 사실 나폴리는 그것 빼고는 별로 할 게 없는 곳이기도 하다.

남들처럼 하지 않아도 상관없는 사람들은 포지타노에 가지 않아도 된다. 나폴리가 아니라 포지타노 옆을 지나간다 해도. 결혼도 해봤고 포지타노도 가본 사람이니 하는 말이다.

고칠 것과 버릴 것

자신을 사랑하는 것이 힘든 이유는
자신의 욕망을 제대로 이해하지 못하기 때문이다.

거실 나무 바닥에 조금씩 틈새가 생기기 시작하더니 집 안 구석구석 나무 바닥이 갈라지기 시작한다. 상상하지 못한 사고가 난 뒤, 어느 아파트에서나 생길 수 있는 누수 사고라는 걸 알게 된다. 바닥 배수관이 터진 것이다. 보험회사에서 누수 원인을 진단하는 데 1년이 걸리는 바람에 이웃까지 이재민으로 만들고 만다. 멍청한 직원 월급 주면서, 엄청난 수리비용을 지불하는 보험회사가 파산하지 않는 것이 놀랍다.

보험회사와 타결을 보고, 바닥을 뜯어고치면서 집 수리까지 하기로 한다. 나쁜 국면은 어쩔 수 없이 새로운 국면을 만들기 때문에 결국 아주 나쁜 것만은 아니다. 내가 인부 아저씨와 집 수리를 하는 동안, 올비는 코스타리카로 그룹 여행을 떠난다.

세월의 먼지 더미를 털고 물건을 버리며 생각한다. 배수관이 터지고, 가구가 고장 나고, 암이 생기기도 한다. 영원함으로 보상받을 수 있는 건 없다. 쇠락하고 노화한다는 것만이 진실이다.

가전제품 수명은 보통 15년에서 20년, 자기 수명을 다한 물건들은 어쩌면 그냥 갖다 버리는 것이 상책이다. 그런데 어찌할 수 없는 물건도 있다. 20년 동안 발 뻗고 누워 영화 봤던 거실 소파에는 다른 소파가 대체할 수 없는 무엇이 생겨버렸다. 마치 오래된 남편처럼…….

"나는 돈이 없어 그냥 고쳐 쓸 수밖에 없다"고 하니, 친구가 그건 내가 처음부터 좋은 소파를 샀기 때문이라고 한다.

20년 전 이 소파를 주문했을 때 배달원 실수로 가죽이 찢어지는 바람에 가구회사에서 소파 가죽을 교체하는 기술자를 보내주었는데, 감정사같이 말쑥한 양복 차림을 한 남자가 노련하게 가죽을 바꾸면서 해줬던 말을 기억한다.

"70년대 로슈 두보아에서 산 소파를 보수하는 가격이 2천 유로 정도 든다고 칩시다. 물론 그 가격이면 새 소파를 살 수도 있죠. 하지만 프랑스 사람들은 그 돈을 주고 소파를 수리합니다."

하지만 인생에서 고칠 것과 버리는 것을 분류하는 데도 지혜와 결단이 필요하다.

욕실에서 떼어낸 욕조를 닦는 걸 보더니 공사해주는 아저씨가 말한다.

"갖다 버릴 걸 왜 닦아요?"

"사람도 무덤에 들어가기 전에 닦아주는데, 20년 넘게 봉사한 물건에 대한 예의지요."

생각해보면 55년 인생을 수리하게 된 것도 암이라는 병, 20년 된 아파트를 수리하게 된 건 결국 배수관이 터진 사고 덕분이다. 나는 집 수리를 할 때 몰입감을 좋아한다. 완성되어가는 느낌은 행복과 비슷하다. 집 공사가 끝난 뒤, 아이를 낳고 키운 일 다음으로 보람과 만족감을 주는 일이라는 생각을 한다. 모든 노고가 반드시 비례한 보람을 주지는 않는다.

올비가 여행에서 돌아왔을 때 나는 눈물샘이 차오르는 걸 본다. 그건 아내의 수고로운 노동에 대한 감격이 아니라 코스타리카 숲의 열대공기에서 자신의 전생을 찾은 듯한 감동 때문이다.

나는 매일 아침, 맨발로 고슬고슬한 나무 바닥의 감촉을 느끼며 코스타리카에서 온 원두커피를 마신다.

이웃 자키가 놀란 표정으로 묻는다.

"남편도 없이 집 공사를 했단 말야?"

사람들이 자신을 사랑하는 것이 힘든 이유는 자신의 욕망을 제대로 이해하지 못하기 때문이다. 서로를 위한다는 건, 서로의 욕망을 존중한다는 것이기도 하다.

부부의 세계

메트로에서 내려 계단으로 올라가려다 지하 엘리베이터 문이 열려 올라탄다. 지긋하게 나이든 여자가 탔고, 그 뒤로 비슷한 나이로 보이는 남자가 탄다. 엘리베이터 문이 닫히기 직전 한 흑인 여자가 엘리베이터를 타려고 달려오는 걸 보고 남자가 열림 버튼을 누르자, 여자는 남자가 마치 큰 실수를 한 것처럼 고함친다.

"피에르 안 돼. 안 돼. 그 버튼을 누르면."

남자는 이미 버튼을 누른 상태였고 문이 닫히기 직전 흑인 여자가 간신히 올라탄다.

엘리베이터가 지상을 향해 올라가는 동안 여자

종의 의지로 배우자를 선택했더라도
결국 자신이 선택한 배우자의 성격 때문에
분통 터지게 되는 상황을 견디며
여생을 보내게 되는 것이 일반적이다.

는 남자에게 책임을 추궁하듯 다그친다.

"그 버튼을 갑자기 누르면 문이 작동을 멈출 수 있는 걸 몰랐어?"

깐깐한 선생의 인상을 가진 여자는 평생 명령해 온 습관과 위엄으로 꾸민 말투로 좁은 엘리베이터를 금방 불편한 공기로 바꾸어 놓는다. 70대 중반 정도나 되었을까? 그런 해괴한 소릴 지껄이지 않았더라면 시선조차 끌지 않을 평범한 인상이다. 남자는 여자의 잔소리에 익숙한 듯 아무런 반응도 하지 않는다.

출구로 나가는 에스컬레이터, 두 사람이 바로

내 앞에 서 있다. 여자는 남자에게 날씨에 걸맞지 않은 옷을 입었다며 다시 핀잔을 주기 시작한다. 나지막하게 야단치는 목소리가 어찌나 매섭던지 한 번 더 놀란다. 남자는 에스컬레이터 계단 한편에서 엄마의 꾸중을 듣는 아이처럼 대꾸 한마디 없이 다소곳이 지상으로 향한다.

집으로 걸어오며 생각한다.

'대체 남자의 어떤 심리가 그런 여자를 견디게 만드는 걸까?'

읽던 책에서 그 설명을 발견한다.

사랑이라는 것은 성적 관계는 별도로 하더라도 혐오스럽고 경멸할 정도이고 심지어 상극으로까지 보이는 사람에게도 자신을 맡기게 한다. 종의 의지가 개인의 의지보다 훨씬 더 강하기 때문에 연인은 자신의 특질과 상반되는 모든 특징들에 눈을 감아버리고 모든 것을 간과하고 모든 것을 그릇되게 판단하고 자신의 열정의 대상이 된 인물과 자신을 영원히 함께 묶어버린다. 여기서 매우 이성적이고 심지어 탁월하기까지 한 남자들이 종종 잔소리가 심하고 악마 같기도 한 여자들과 사는 이유, 그리고 그렇게 살면서도 왜 자신들이 그런 선택을 하게 되었는지 인식하지 못하는 이유에 대한 설명이 가능해진다.

– 쇼펜하우어, 『의지와 표상으로서의 세계』

쇼펜하우어의 설명대로라면 우리는 종의 의지로 배우자를 선택하고 종족을 번식해 자신의 결점을 보완한 2세를 가졌다고 하더라도 결국 자신이 선택한 배우자의 성격 때문에 분통 터지게 되는 상황을 견디며 여생을 보내게 되는 것이 일반적이라는 말이다.

생일 케이크

자신이 바뀌어야 한다.

그래야 상대도 바뀐다.

반쪽으로 만족하는 사람이 아니라면

자신이 바뀌는 것만 가지고는 결코 충분하지 않다.

"남을 바꾸기가 더 쉬운가요? 나를 바꾸기가 더 쉬운가요?"

"나를 바꾸는 것이 훨씬 쉽습니다."

어떤 스님 말씀을 들으면서 고개를 갸우뚱한다. 나를 바꾸기가 더 쉬우니 그럼 나를 바꿔 상대에 맞추어 살라는 말인가?

어제는 내 생일이었다. 몇 살인지 정확히 기억하지 못한다. 나이는 세월을 일깨워주는 주름과 흰머리만 가지고도 충분하다. 시어머니는 항상 제일 먼저 전화로 생일 축하를 해준다.

"샴페인 꼭 같이 마셔야 한다."

해가 바뀔 때마다 시어머니는 가족들의 생일을 가장 먼저 달력에 표시한다. 올비는 정각 12시에 맞춰 생일 축하를 해준다.

아침에 일어나면서 문득 한국에 계신 부모님 생각을 한다. 생일 축하 인사는커녕 딸도 1년에 한 번 생일이 있다는 것조차 깨끗이 잊고 사는 분들. 스님의 말씀대로 오래전 나를 바꿨다. 기대가 없으면 실망도 없다. 그런데 오늘 아침에는 부아가 난다.

'뭐, 할리우드 스타들이라도 되시나? 얼마나 바쁜 인생이라고 평생 딸 생일 축하 인사 한 번 챙기는 적이 없어!'

올비에게 메시지가 온 건 11시쯤이다.

[생일 케이크 준비됐어? 오늘 저녁 생일 케이크 먹냐고 단비가 물었어.]

올비에게 가족 생일 인사를 잊거나, 생일 파티를 건너뛰는 건 세금 떼먹는 것처럼 상상할 수 없는 일이다. 나는 항상 생일 케이크를 굽고, 생일 이벤트를 준비했다. 올비는 편안하고 평화로운 바다에서 노 젓는 기분으로 살아왔을 것이다.

그런데 오늘은 다르다. 올비의 문자를 받자마자, 파도가 덮칠 것 같은 예감이 든다. 그것도 아주 거세고 높은.

답장을 보낸다.

[생일 케이크? 준비 안 했고, 준비하지 않을 거야.]

올비는 몇 번의 메시지를 주고받은 뒤에야 간신히 뼈다귀를 던지면 달려가던 개가 갑자기 뛰지 않겠다고 선언한 것을 눈치챈다.

[주문해놓으면 퇴근 후에 찾아갈게.]

아마 자신은 출근해서 일한다는 것을 강조하고 싶었던 모양이다. 나도 대충 그리하려고 빵집에 전화했더니 월요일이라 케이크가 없다고 한다.

[없대.]

[그럼 동네 안쪽 빵집 페세 미농은?]

생일 케이크를 해결하기 위해 그는 몇 시간이라도 문자를 보낼 것이라는 걸 안다.

[나는 오늘 내 생일 케이크를 찾아 헤매고 다닐 생각이 전혀 없고, 앞으로도 안 그럴 거야!]

[왜 피곤하게 만들어? 내가 찾으러 간다고 했잖아!]

[나한테 가게 가서 케이크를 주문하라는 거야? 아니면 전화하라는 거야?]

[그럼, 내년에는 네 생일이 주말에 떨어지게 만들어!]

'오오라…… 주말?'

[그동안 한 번이라도 내 생일 케이크 사러 다닌 적이 있었나? 혹시 해서 물어봤어. 물론 오늘도 내가 군말 없이 케이크를 준비했다면 피곤하게 만든

다는 말은 없었겠지. 내 이야기 들어봐. 가족 생일까지는 좋아. 하지만 내 생일까지 이러진 않겠어. 만약 나를 기쁘게 해주고 싶으면 네가 알아서 하면 돼. 난 보이콧하겠어. 주말에 하든지 내년에 하든지. 내가 날 위해 뭘 해달라고 했어?]

나의 살기등등한 메시지에 올비는 [울랄라. 오후 잘 보내!]라는 문자를 보내고 꼬리를 감추며 사라진다.

늦은 오후, 우체국에 소포를 보내러 갔다가 김유신 장군의 말처럼 발걸음이 동네 안쪽 빵집으로 향하는 걸 홱 돌려 저벅저벅 집으로 걸어온다.

'나더러 피곤하게 한다고? 이러는 나는 더 피곤하다.'

현명한 친구들과 스님은 이런 조언을 해준다.

"포기해. 그런다고 사람이 바뀌니?"

문제는 내가 변했다. 내 생일 케이크를 사러 뛰어다니고 싶지 않은 것이다. 옷이 작아지면 작은 옷에 더 이상 나를 끼워 맞출 수 없다. 그런 자신을 충분히 존중해야 한다. 사람들은 자신을 불편하게 만드는 변화를 좋아하지 않는다. 때로는 미움 받을 용기가 필요하다. 상대의 배려와 이해를 기다리다가는 그대로 늙어 죽을 수도 있다.

올비는 저녁 7시에 퇴근한다. 생일 케이크 파는 빵집을 혼자 잘 찾았고, 그가 제일 싫어하는 행동인 어딘가에 불안하게 주차를 하고 멋진 케이크를 사 온다. 다리가 부러지지 않았고, 차도 견인되지 않았고, 세상도 무너지지 않았다. 우린 샴페인을 마시고, 저녁을 먹고 촛불을 끄고 케이크를 먹는다. 세상에 태어나서 이렇게 맛있는 생일 케이크는 처음이라고 말했지만 그건 빈말이 아녔다.

스님의 말씀이 맞다. 자신이 바뀌어야 한다. 그래야 상대도 바뀐다. 반쪽으로 만족하는 사람이 아니라면 자신이 바뀌는 것만 가지고는 결코 충분하지 않다.

스님의 말씀에 한마디 덧붙이고 싶다. 상대의 우아한 배려나 변화 같은 거 기대하지 말고, 충직하게 매일 싸우세요.

결별에서 배워야 할 것

가장 훌륭한 복수는 상대에게서
완벽하게 자유로워지는 것이다.

“주말인데 남편이 동료를 만난다고 나갔어. 동료가 고민이 있어서 들어줘야 한다는 거야. 그런데 나중에 그 동료가 젊은 여자라는 걸 알았을 때 내 기분이 어땠겠니?”

로즈가 말한다. 로즈의 부모님은 로즈가 열아홉 살 때 이혼했다. 다른 여자와 사랑에 빠진 로즈 아버지가 어머니를 떠났다. 아버지의 배신으로 상심한 어머니한테 로즈는 “뭐 담담하게 헤어질 수도 있는 거겠지”라고 말했는데 그 말이 오랜 세월 어머니 가슴에 상처로 남았다고 한다.

로맨티시즘과 열정 없는 결혼을 상상할 수 없는

로즈. 그러나 남편의 인기는 그녀를 담담하게 만들지 못한다. 내가 말한다.

"그런데 만약, 남자가 다른 여자를 사랑한다면 그것도 어쩔 수 없는 일이 아닐까?"

그 말을 듣던 M이 약간 흥분한 말투로 말했다.

"그건 배반이지."

내가 묻는다.

"감정은 자신도 배반할 수 있는데?"

"네 남편이 다른 여자와 사랑에 빠졌다고 생각해봐. 용서할 수 있을 거 같아?"

M이 따지는 말투로 묻는다.

"다른 여자와 사랑에 빠졌느냐가 아니라 만약 더 이상 나를 사랑하지 않는다는 거라면 그게 용서의 문제일까?"

"네 남편이 다른 여자를 좋아할 확률이 없기 때문에 그렇게 말할 수 있는 거야."

M이 나에게 쏘아붙이듯 말했다.

"하지만 아무도 확률 가지고 확신하지는 않지."

내가 덧붙인다.

만약 결혼이 인간의 본성을 거스르는 제도가 아니었다면 과연 결혼 서약 같은 것이 필요했을까? 시청에서 법률 서약을 하고, 신 앞에서 머리를 조아려도 결혼은 깨진다. 내 결혼식에 참석했던 대부분의 커플이 이혼했다.

부모님도 이혼했다. 어머니도 아버지를 용서한 적이 없다. 남남이 된 지 20년이 넘었지만, 아버지에 대한 미움만큼은 이혼이 불가능하다.

「비어드 몬탁(Beard Montaauk)」이라는 제목의 소설은 한 페이지가량인데 흥미롭다. 비어드 몬탁이란 남자는 30년 된 결혼생활을 팽개치고 아이가 둘인 젊은 미망인을 만나서 하루아침에 그녀의 집으로 이사를 가버린다. 그의 결혼은 행복한 편이었기 때문에 아내는 충격을 받는다. 그런 일이 생길 줄 알았지만, 그 정도일 줄은 몰랐다. 비록 그녀가 수준 높은 철학책을 섭렵했을지라도.

남자가 자신의 물건을 찾으러 왔을 때, 두 사람은 집이 물에 잠긴 상황인 듯 허심탄회한 대화를 할 수 있었다. 그는 솔직했고 그녀도 그랬다. 그런데 남자가 그들의 결혼이 '7'이었고, '9'를 찾아 떠난 거라고 말했을 때, 그녀는 가위를 들어 남자를 찔러 죽였다. 경찰 앞에서 그녀가 고백한다. 모든 억압에서 그녀를 자유롭게 만든 것은 바로 그 '9'라는 숫자였다고.

사람은 자신이 왜 배신당했는지에 대한 답을 찾지 못하거나, 자신을 속인 상대를 이해하지 못할 때 복수심에 사로잡힌다. 그것이 자신의 정체성과 자존감을 지키기 위한 것으로 생각하지만 결국 자신에게 더 큰 고통과 상처를 준다.

불행으로 끝나는 결별에서 배워야 하는 것이 있다면 스스로 자신감을 획득하는 것이다. 우린 타인의 행동에 아무런 통제력이 없지만, 적어도 자신의 인생을 통제하고 집중할 수 있다. 니체의 말대로 자신에게 만족하지 못하는 사람은 끊임없이 복수할 준비가 되어 있다. 하지만, 가장 훌륭한 복수는 상대에게서 완벽하게 자유로워지는 것이다.

타인의 취향

까띠 집에 들렀다가, 거실 탁자 한가운데 맥락 없이 존재감을 드러내는 커다란 과일 접시를 발견한다.

"저게 뭐야?"

까띠는 마치 죽은 동물을 어떻게 처치해야 할지 모른다는 듯 걱정스러운 표정으로 대꾸한다.

"대체 저걸 어떻게 하란 말이니?"

마르세유에 사는 까띠의 엄마는 취미인 모자이크 공예를 위해 희귀한 타일을 고르러 가끔 파리에 오신다. 그때마다 자신이 만든 작품을 선물로 준다는 것이다. 색색 가지 해괴한 타일이 붙은 과일 선반은 어디서든 존재감을 과시하는 까띠 엄마처럼 거

타인의 취향을 이해한다는 건
결국 타인으로 태어나지 않는 한 불가능하다.

실 한가운데서 시선을 끈다.

"다른 사람에게 선물했다 하고 치워버리는 건 어때?"

까띠는 혹시라도 그런 자기 마음이 들킬까 봐 마음이 놓이지 않는다. 벽장에 넣어두고 엄마가 올 때마다 다시 꺼내라고 조언하지만, 변변찮은 기억력 때문인지 그냥 두기로 한다.

오래전, 취미로 슈퍼마켓용 플라스틱 용기에 조개껍데기를 붙여 만든 공예품을 선물하면서 우정을 과시하는 사람을 봤다. 그들은 결코 자신의 재능 없는 부지런함이 친구의 거실을 공격하는 걸 모른다.

‘다른 사람들이 당신에게 해주기 바라는 것을 다른 사람에게 하지 말아야 한다. 그들 취향이 당신과 똑같을 것이라는 증거는 없으니까.’ 나는 버나드 쇼의 이 문장에 ‘제발’이라는 단어를 덧붙이고 싶다.

받자마자 항상 벽장 속으로 들어가는 시누이 안느 선물도, 곤혹스러운 타인 취향의 증거품들이다. 나는 시누이 안느가 갖가지 불행한 일을 당하면서 “대체 왜 이런 일이 나한테만 일어나는 거야?”라며 울먹일 때마다 안느가 튀니지 여행에서 사와 거실 한가운데 걸어둔 그림을 떠올린다. 섬뜩한 초상화, 피를 뚝뚝 흘리면서 이빨을 드러내고 웃는 악마의 험악한 얼굴이다. 그림에서 기분 나쁜 웃음소리가 들리는 것 같다. 이 초상화가 주는 아름다움과 감명을 이해해 보려고 상상력을 동원해 보지만, 한밤중에 깜깜한 거실 한가운데서 그림을 쳐다볼 때 엄습할 공포만 느껴질 뿐이다.

타인의 취향을 이해한다는 건 결국 타인으로 태어나지 않는 한 불가능하다. 하지만 타인의 취향 중에서 가장 골칫거리는 시누이도 친구도 아닌 바로 배우자의 취향이다. 연애 감정은 복수인 존재가 단수가 되고 싶은 강렬한 욕망 때문에 상대 취향을 동일시한다. 보고 싶은 대로 보고 제멋대로 해석하기 때문에 비슷한 취향을 가졌다고 단단한 착각을 한다. 결혼은 그런 착각에 야멸차게 눈뜨게 해준다.

우리 부부는 심지어 바게트의 편편한 쪽과 불룩한 쪽을 등과 배로 부르는 것도 다르다. 내가 묻는다.

"대체 왜 편편한 쪽이 배야?"

"고래 등을 봐. 불룩하잖아. 배는 편편하고."

"이거 보라고, 왜 바게트를 말하는데 고래를 말하는 거야? 바게트가 오븐에 들어갈 때 눕는 쪽이 등이지."

오랜 논쟁 끝에도 그는 여전히 바게트 편편한 쪽을 배로 부르고 나는 등이라고 부른다. 나는 드립 커피를 마시고 그는 에스프레소가 없으면 불안해진다. 그는 버터가 많이 든 크루아상을 먹지 않고 나는 크루아상만큼은 버터가 듬뿍 들어가야 제맛이라고 느낀다. 나는 스타일을 중요시하고, 그는 스토리를 좋아한다. 레드와인과 화이트와인을 좋아하는 것도 다르다. 나는 명사보다 형용사를 잘 기억하고 그는 반대다. 음악적 취향은 또 얼마나 다른지 올비의 외장하드에서 몇천 곡이 날아갔다고 했을 때 속으로 쾌재를 불렀다.

"헤어스타일이 마음에 안 들어."

"왜 다른 사람들은 이쁘다는데?"

"다른 사람들이 아니라 나랑 사니까 내 취향에 맞춰야 하는 거 아냐?"

이런 수많은 언쟁과 토라짐은 상대의 취향과 결혼했다는 착각에서 비롯된다.

차 안에서 올비가 틀어놓은 노래를 듣는 것이 괴로워 다음 곡으로 넘기려고 "May I?" 하면 똑같이 묻는다.

"왜?"

"왜라니? 길거리에서 억지로 음악을 듣는 것이 고통스러워 나라를 바꾼 사람이야. 남편 바꾸는 게 어려울 것 같아?"

다른 취향과의 공존은 칫솔을 나눠 쓰는 것보다 훨씬 어렵지만 어쩔 수 없이 갈등을 피하는 기술을 터득하기도 한다. 어쩌면 결혼은 이 차이에 대한 감각을 꾸준히 새롭게 하는 것이다.

"왜 맛이 없어?"

올비가 묻는다.

내가 말한다.

"왜 맛이 없냐는 질문은 왜 사랑하냐는 질문처럼 부조리해."

상대의 취향은 이해와 분석의 영역이 아니다. 우선 "왜?"라는 의문사 대신 "아!"라는 감탄사로 바꾸는 것이다. 너와 나는 이렇게 다르지만 너 같은 존재, 나 같은 존재는 세상에 단 하나뿐이기 때문이다.

선택적 기억

맞든 틀리든 시간의 풍랑을 맞지 않는 기억이 있다.
아마도 간직하고 싶은 기억들이다.

냉장고를 정리하고 나서 어찌나 개운한지 죽기 전에 유언이고 뭐고 냉장고 치울 시간만 있으면 좋겠다. 몽테뉴도 비슷한 생각을 적어놓았다. '죽기 전에 해야 할 일이 있는데 한 시간 정도면 되는 일이라 해도, 내가 그 일을 마칠 여유가 충분할 것 같지 않다.' 라고.

요즘은 여행을 떠나기 전 집 청소를 할 때마다 영원히 떠나는 연습을 하는 기분이 든다. 방문을 닫으며, 침대 머리맡 탁자 위를 힐끗 본다. 몇 권의 책, 답장하려고 놔둔 지인의 손편지, 50센트 동전, 입술 보습크림이 보인다. 어쩔 수 없이 치워지지 않는 존재의 허물 같은 물건들. 마치 내일 떠날 사람처럼 준비하고 살 수 있을까? 적어도 노력은 해볼 수 있을 것 같다.

새벽 비행기를 타고 베니스에 도착한다. 공항에서 베니스로 들어오는 동안 15년 전 처음 베니스에 왔던 기억을 떠올린다.

한국과 프랑스를 왕복하며 일하느라 분주한 시절이었는데 베니스뿐 아니라 이상하게 그 시절은 대부분 기억이 사라졌다. 욕망과 성취와 맞바꾼 건, 기억과 시간이었나 보다. 몇 년 전에 아이들과 같이 베니스에 왔을 때는 벌떼 같은 인파를 헤치고 다니다 지쳐 다른 도시로 도망치듯 떠나버렸다.

관광객 없는 겨울 베니스는 처음 만나는 도시다. 안개 속에 가로등 빛이 비추는 골목, 보물처럼 숨겨진 자그마한 광장, 수로를 가로지르는 다리, 골목 풍경을 홀린 듯 서서 바라본다. 우리는 왜 여행을 떠나는가. 새로운 것, 습관으로 무뎌지지 않는 풍경과 시각을 찾기 위해서다.

1년 동안 몰입한 프로젝트가 끝났는데 마음에 와글거리는 소음만 남긴다. 여행을 떠나 종일 걷다

보면 내 안의 소음이 완전히 사라지는 정적의 순간을 만난다. 이따금 물새가 정적을 깬다.

이른 아침, 광장 테라스에 모인 이탈리아 노인들이 오렌지 빛깔 스플릿을 마신다. 태양의 칵테일을 마시기엔 이른 시간이지만 이들은 영혼의 음료수인 양 스플릿을 들이킨다. 나는 옆 테이블에 앉아 쉼표도 정적도 없는 말소리가 주는 아름답고 경쾌한 소음에 귀를 기울인다. 전혀 이해하지 못하는 외국어가 주는 완벽한 언어의 휴식도 여행이 주는 기쁨 중 하나다.

부라노로 가는 배를 탄다. 반죽으로 빚은 듯 잘생긴 귀를 가진 이탈리아 남자 옆에 앉는다. 우리보다 조금 젊은 중년 부부는 차림새가 우아하다. 도로는 낡았지만, 사람들 옷차림은 멋진 곳이 이탈리아다. 부부는 아무 말도 주고받지 않는다. 여자는 이내 건너편에 앉은 아들과 자리를 바꿔 딸아이 옆에 앉더니 다정하게 소곤거린다. 모녀는 눈매도 표정도 닮았다. 짝을 바꾼 남자와 아들은 멍하게 수평선을 바라본다. 일상적인 수다를 모르는 남자들은 자신을 표현하는 데 서투른 존재다. 그래서 노년은 남자에게 별로 유리하지 않다. 남자가 모자를 벗는다. 듬성듬성 빠진 머리가 보인다. 아마 아들도 그를 닮아갈 것이다.

갑자기 배가 심하게 흔들린다. 올비에게 마지막으로 뱃멀미했던 곳이 코르시카 섬이었다고 말했더니, 그는 그리스라고 한다. 보통은 흐린 기억 때문에 자신 없는 편인데 이번만은 확신에 찬 말투다.

"네가 멀미로 선실에 내려가 누워 있는 동안 어떤 마드모아젤 둘이 나에게 호텔 주소가 적힌 쪽지를 건네주었던 거, 기억 안 나?"

인간의 기억은 어쩔 수 없이 선택적일 수밖에 없다. 내가 마지막으로 뱃멀미를 했던 것은 코르시카 섬에서 임신 중이었기 때문이라는 걸 그는 기억해내지 못한다.

내가 대꾸한다.

"음…… 벨에포크(Belle époque, 좋은 시절)였군."

맞든 틀리든 시간의 풍랑을 맞지 않는 기억이 있다. 아마도 간직하고 싶은 기억들이다. 욕망과 애착이 그런 기억을 붙든다. 소멸에 대한 두려움인지, 늙음은 가까이 있는 것보다 멀리 떨어진 과거를 회상하고 붙잡게 만든다. 자기 시간을 떼서 내 젊음을 연장할 수 있다면 그러고 싶다는 올비 말에 감동한 시절을 떠올린다.

원하든 원하지 않든 이제 늙음과 친해져야 하는 시간이다. 베니스는 우아하게 쇠락하고, 늙음을 맞이하는 법을 가르쳐준다. 베니스는 어쩌면 그런 순간을 기념하기에 어울리는 도시다. 하지만 우린 늘 그렇듯 풍경 사진을 담느라, 같이 찍은 사진조차 한 컷 남기지 않는다.

무덤까지 가져갈 비밀

하루에도 수십 번씩 우리는 우리 이웃 이야기를 하며
(사실은) 우리 자신을 조롱하고 있는 셈이다.

- 몽테뉴

문제는 내가 쓸데없이 사소한 기억력이 좋다는 것이다. 내가 가진 최초의 기억은 세 살 정도까지 올라간다. "엄마 배불러. 밥 줘!"라고 투정하는 순간 방금 말한 문장이 잘못되었다는 느낌을 기억한다. 처음 종이 인형을 가위로 자르던 날, 눈과 코를 따로 잘라놓고 느낀 낭패감도 기억한다. 15년 전, 우리의 친구 조지를 버리고 떠난 여자친구와 사는 남자 이름이 리처드라는 걸 아직 기억하는 사람은 친구 중 나뿐이다.

대개 다른 사람한테 이야기를 들으면, 몇 년 뒤 그 이야기를 해준 사람보다 더 자세한 걸 기억한다.

좋아하는 팝송이 몇 년에 출시되었는지, 눈 감고 어떤 기억을 되짚어보면 그 순간 느꼈던 감정까지 졸졸 따라 나온다. 나 같은 사람이 두 달 전에 만나 저녁 먹은 사람 이름은커녕 얼굴도 기억 못 하는 올비와 서로 자신의 기억이 맞다고 우기는 상황을 겪는 것만큼 울화통 터지는 일은 없다.

얼마 전 단비가 실내 식물 수경재배기를 선물했다. 지난주 조립하다가 설명서를 읽는 게 귀찮아서 단비가 오면 물어봐야지 마음먹고, 꺼내놓았던 부속품을 박스에 주섬주섬 다시 담았다.

화요일 저녁, 집에 들른 단비에게 조립을 부탁하려고 박스를 찾는다. 몇십만 헥타르의 농장 벌판에서 내가 흘린 자동차 키를 찾는 신박한 능력을 가진 단비가 샅샅이 찾아도 박스는 보이지 않았다. 올비의 부주의로 박스가 지하실 쓰레기통으로 내려갔을지도 모른다는 생각이 들자, 화가 났다. 양궁 수업 중인 올비에게 전화하니 펄쩍 뛰며 자기는 그런 박스는 결단코 본 적도 버린 적도 없노라고 한다.

내가 쏘아붙였다.

“나도 박스를 버린 적이 없으니 그럼 집에 있겠

군. 와서 한번 찾아보시지!"

단비가 핸드폰을 들여다보며 말했다.

"다행히 없어진 부속품들은 따로 판대."

"너희 아빠한테 사놓으라고 하렴. 갖다 버린 사람이 사놔야지."

"아빠 돌아오면 조용히 찾아달라고 해."

단비가 말했다.

올비가 찾는다고 사라진 박스가 나올 리는 없다. 단비가 돌아가고 거실 소파에 앉아 찬찬히 영상을 되감는다.

토요일 저녁, 거실 장식장 박스가 배달 왔다. 올비는 한 시간 정도 조립하는 시늉만 하다 자기 방으로 슬그머니 사라지고 혼자 남아 다섯 시간 동안 끙끙대고 조립했다. 일요일에 빈 박스를 차곡차곡 접어 끈으로 묶은 사람은 분명 올비다. 그리고 지하실에 그 박스를 끌고 내려간 사람 모습이 어슴푸레 보였다.

바로…… 내 모습이다.

어머.

반듯하게 끈으로 접어놓은 박스 더미 밑에 접히

지 않은 반듯한 박스 하나를 낑낑 끌고 내려가 재활용 쓰레기통에 넣은 건 나였다. 그리고 그 휴지통은 월요일 비워졌을 것이다.

회한과 화가 부글부글 섞이더니 부끄러움만 고스란히 남는다. 갑자기 덥다. 냉장고에서 맥주 한 병을 꺼내 벌컥벌컥 마신다.

'세상에 이렇게 창피할 수가, 대체 이걸 어떻게 수습한담.'

올비가 양궁 수업이 끝나고 돌아온다. 그의 얼굴을 보는 순간 무덤까지 가져가야 할 비밀이란 것이 이런 거구나, 하는 생각이 스친다. 앞으로 우리의 기억력은 점점 더 허물어질 것이고 이런 치명적인 실수는 그동안 과거의 애매한 논쟁의 진위부터 앞으로 벌어질 지난한 싸움까지 올비에게 백전백승의 명분을 주기 충분한 구실이다. 도저히 그런 일은 있을 수 없다.

어떻게 이런 일이 있을 수 있냐며 저녁도 안 먹고 박스를 찾는 올비를 보는데 양심이 왼쪽 가슴을 콕콕 찌른다.

"맥주나 한 잔 마셔!"

다행히 올비는 내 목소리에 담긴 포기의 의미를 눈치채지 못한다.

올비는 "거참 거참" 하면서 이 방 저 방을 기웃거리며 찾는다. 그러더니 느닷없이 내가 조립한 거실 장식장 문을 빼꼼히 연다.

그걸 보는 순간 버럭 소리가 튀어나오고 만다.

"아니 그렇게 큰 박스가 그 좁은 장식장 안에 들어가겠어? 들어가겠냐고!"

독서
외출

독서도 여행도 만남이다.
단숨에 끝나는 만남도 있지만 오랜 동반자도 있다.

시어머니에게 생일선물로 받은 독서의자는 푹신하고 몸을 웅크려 넣기에 적당한 크기다. 선물을 받은 이후로 나는 거의 독서의자에서 산다. 바닥에 책을 쌓아놓고 몸을 의자에 마음대로 구겨 넣고 책을 읽는다.

올비는 그런 나를 볼 때마다 "정말 어쩌려고 이러는 거야?" 하며 걱정한다. 그는 내가 할머니가 되기 전에 등이 휘어 있을 거라며 걱정과 잔소리를 멈추지 않는다. 올비는 항상 반듯한 자세로 책을 읽는다. 어떻게 그런 일이 가능한지 알 수 없는 일이지만 한 권이 끝나기 전에는 다른 책을 읽지도 않는다. 나는 읽는 자세도 불량하고 보통 여러 권을 동시에 주섬주섬 읽는다. 내 주변은 바나나 껍질처럼 책들이 여기저기 널려 있다. 게다가 첫 장부터 끝까지 차근차근 읽는 일은 흔치 않다.

나는 마음에 드는 여행지가 있으면 몇 번이고 간다. 입에 맞는 식당이 있으면 거기만 간다. 책도 읽고 또 읽는다. 독서도 여행도 만남이다. 단숨에 끝나는 만남도 있지만 오랜 동반자도 있다. 독서는 그런 운명적인 만남을 찾는 것과 같다. 500년 전에 태어난 몽테뉴와의 만남이 그렇다.

몽테뉴도 나와 같았다. '이 책이 싫증나면 다른 책을 집는다. (…) 새로 나온 책들에는 별로 매달리지 않는다. 옛날 책들이 내용이 더 풍부하고 힘찬 것 같아서이다.' 무엇보다도 나는 세상과 인생을 이해하기 위해서 책을 읽는다. 몽테뉴도 이렇게 말한다. '책을 통해 무슨 공부를 한다 쳐도, 거기서 구하는 것이라고는 나 자신을 알게 해주는 지식, 내게 잘 죽고 잘 사는 방법을 가르쳐줄 지식뿐이다.'

오랜만에 소설을 두 권 읽는다. 한국에서 알게

된 한 시인이 선물한 책이다. 자신이 읽던 책을 선물하는 건 마음을 뚝 잘라 떼어준 선물 같다. 책을 읽다가 무심히 모서리가 접힌 페이지를 펼치면서 문득 시인이 접어둔 걸 알게 된다. 사유 흔적은 지문처럼 책장에 남는다. 그 사람이 그은 마음의 밑줄은 어딜까. 책장을 넘기다가 나도 모르게 다시 모서리를 접는다.

나이가 든다는 것은 잃어버릴 줄 아는 것이다. 나이가 든다는 것은, 매주 아니 거의 매주 새로운 손실과 손해를 입는 것이다. 이게 내가 이해한 바이다.

– 델핀 드 비강

늦은 오후 한 달 전에 주문한 책이 도착한다. 미국 작가 셸리 오리아라는 작가의 단편집인데 미국에서 주문한 중고 책이다. 포장을 뜯어보니 캘리포니아 산마테오 카운티 도서관 바코드가 붙어 있다. 누군가 도서관에서 훔친 책을 중고로 판 건가, 아니면 도서관에서 버린 책을 누군가 수집한 건지도 모른다. 산마테오를 지도에서 찾아본다. 책과 같이 미국의 산마테오라는 도시가 갑자기 내 손에 놓여 있는 기분이다.

『뉴욕 1, 텔 아비브 0(New York 1, Tel Aviv 0)』이라는 소설집에 있는 단편 「아내는 전환 중(My wife in converse)」은 아내가 다른 여자와 떠나면서 혼자 남게 되는 커튼 수선공 남자의 이야기다. 악보의 쉼표처럼 책의 행간에 스며든 남자의 소심한 숨결을 그린 문체가 마음에 들어 오디오북으로 반복해서 듣다가 구입한 것이다. 좋아하는 책을 손에 쥔다는 건 애인을 만나는 것과 비슷하다. 책의 매력은 촉감과 냄새에 있다. 인간의 이야기든 우주의 사건을 상상하든, 냄새는 모든 사소한 세부 사항과 함께 암묵적인 기억처럼 장면을 묶고 보존하는 접착제 역할을 한다.

창밖으로 비바람이 세차게 분다. 책을 읽으면서 나에게서 외출하기 좋은 날이다.

여행
이몽

맞거나 틀린 꿈은 없다.

그저 각자 가진 꿈을 포기하지 않고 살면 된다.

저녁 식탁에서 올비는 지금 읽는 소설에 관해 이야기한다. 지구에 종말이 왔을 때 소설에서 사람들이 어떻게 식량을 나눠 먹는지 세심한 설명을 덧붙이고 있다. 나는 그에게 아직 읽지 않은 '종말 소설'이 남아 있는 것이 신기하다.

내가 말한다.

"종말이 오면 그냥 콱 죽지, 식량을 나눠 먹고 버티니?"

올비는 그 말을 듣더니 깜짝 놀라며 묻는다.

"아니 그럼 종말을 안 보겠다는 거야?"

마치 영화관에서 결말을 안 보고 중간에 나오느

냐는 말투다.

"내 식량은 너한테 줄 테니, 남아서 마음껏 봐."

올비에게 현실은 공상과학 소설의 우울한 버전이다. 하지만 어쩔 수 없이 인간은 한정된 시간과 공간을 살 수밖에 없는 운명으로 태어났으니, 최대한 경험을 하고 산다가 그의 인생관이다. 전 재산을 털어서라도 우주여행을 하는 것이 올비의 꿈이다. 오래전 그 말을 듣고 설마 하며 물었다.

"인터스텔라처럼 우주여행에서 돌아오면 가족을 다시 만날 수 없어도?"

그는 잠시 생각에 잠기더니 나에게 조금 미안한 표정을 지으며 그렇다고 대답했다.

인류를 구하는 것도 아니고, 고작 호기심을 만족시키는 여행을 위해 가족도 버릴 수 있는 남자와 결혼했다는 걸 아는 순간 배신감을 느꼈다. 그런 사람에게 내 몫의 식량을 남겨주고 종말을 같이 관람하지 않는 건 배신이 아닌 배려다.

유한한 운명이기 때문에 일시적인 체험보다 반영구적인 즐거움을 추구하는 것이 내가 원하는 삶이다. 이를테면 맛있는 음식을 먹는 것보다 나는 맛있는 음식을 만드는 일에 더 관심 있다. 일회용 배터리보다는 나무를 심고 장작을 패는 것이 더 큰 즐거움이다.

우주만큼 광활하고 신비한 인간이라는 세계가 있는데 왜 외로운 우주여행을 떠난다는 말인가? 그것도 전 재산까지 털어가면서. 원하기만 하면 기억조차 감미로운 여행일 수 있는데. 게리 멀리건의 재즈 연주곡을 귀에 꽂고 해를 쪼이며 걸으면 나는 어디 있어도 여행이다.

시장에 들러 오징어를 산다. 상인이 먹물 묻은 오징어를 들어 보이며 "손질해드릴까요?"라고 묻는다. 나는 됐다고 말한다. 왜냐고 묻는다면, 내 즐거움은 거대한 성취나 욕망이 아니라, 오징어의 살갗을 벗기고 흐르는 물에 씻기면서 삶의 이음새를 느끼는 것이라고 대답할 것이다.

허름한 메종을 사서, 집 수리하고 정원을 가꾸며 남은 인생을 보내는 꿈을 꾼다. 올비도 꿈을 꾼다. 여행 사이트의 여행상품이다. 오늘도 코르시카 섬 여행상품을 보냈다. 그는 하루가 멀다 하고 여행상품으로 나를 유혹한다. 멋진 호텔이고 가격도 비싸지 않다. 하지만 유명한 곳을 찾아다니며 아름다운 풍경에 눈도장 찍는 일들은 내게 더 이상 매력적이지 않다.

전면 유리창으로 바다가 보이는 고급 호텔에서 하룻밤을 묵는 잊을 수 없는 경험과 목수 일을 배우는 일을 선택하라면 나는 주저 없이 목수 일을 선택한다. 『완벽한 날들』에서 메리 올리버의 문장은 나에게 울림을 준다.

사람들은 내게 묻는다. 요세미티에 가보고 싶지 않아? 펀디만에는? 브룩스 산맥에는? 나는 미소를 지으며 대답한다. — "오 그럼, 가끔은." 그러곤 나의 숲들로, 연못들로, 햇살 가득한 항구로 간다. 세계지도에서 파란 쉼표 하나에 불과하지만 내겐 모든 것의 상징이니까. 우리의 스승이 되어주는 건 우리에게 친숙한 것이지 일반적인 것이 아니다.

어떤 사람은 호스트 인생을 꿈꾸고, 어떤 사람

은 게스트 인생을 꿈꾼다. 맞거나 틀린 꿈은 없다.
그저 각자 가진 꿈을 포기하지 않고 살면 된다.

공항 안전검색대 통과하기

과학적이고, 객관적인 데이터에 의존한다고 해도
인생의 모든 우연적인 상황까지 대비할 수는 없다.

자동차 계기판에 타이어 바람이 빠졌다는 표시등이 뜬다. 올비는 분명히 양쪽 타이어를 같이 교체해야 할 것이라며 한숨 쉰다. 그러더니 회사에서 갑자기 자동차 주행거리 숫자를 보내달라고 한다. 가만 놔뒀다간 산 지 얼마 안 된 차를 팔아치우는 일이 생길지 몰라서 얼른 문자를 보낸다.

[내가 알아서 할게.]

타이어 수리하는 곳에서 타이어에 박힌 나사를 뽑고 땜질을 하는 데 40분, 12유로가 든다. 모든 일에는 두 가지 요소가 있다. 상황과 대처방식이다. 어떤 상황에 부딪힐 때마다 일어날 모든 가능성을 고

려한다는 것은 효율성이 떨어진다. 올비의 그 수많은 가능성 중에 얼른 뛰어가서 해결하는 방법이 제외된다는 것도 특이한 점이다.

두려움은 동물이 생존을 위해 발달한 본능이라고 하지만 진화된 인간에게는 분명 앞으로 나가지 못하게 발목 잡는 감정이다. 불안과 두려움은 매뉴얼과 정보에 의존하게 만들고 그렇게 모든 상황을 대비할 수 있다고 안심시킨다. 아무리 과학적이고 객관적인 데이터에 의존한다고 해도 인생의 모든 우연적인 상황까지 대비할 수는 없다.

올비는 비행기를 타기 전에 가방 규격을 달달 외운다. 새 전등 하나 설치하는 데도 불가능하다는 이유를 4개 정도 찾아내고, 고장 난 문고리를 고치기 위해서는 문짝을 통째로 갈아야 한다고 확신한다. 깁스한 팔을 위해서 외투 소매를 잘라야 한다고 생각하고, 차가 막히는 상황에 대비해서 깜깜한 새벽에 여행을 떠난다.

그런데도 가방 규격이 맞지 않거나, 공항 안전 검색대에서 가장 사랑하는 지포 라이터를 해체해

지포 껍질만 들고 독일 검색요원에게 프랑스어로 온갖 욕을 퍼붓는 상황이 생기는 건 올비뿐이다. 감각과 판단은 상호침투적인 관계다. 지나친 데이터 의존은 직관력을 퇴보시키면서 종합적 판단에 차질이 생기게 만든다.

훈제연어를 먹는 올비가 포장지를 보면서 말했다.

“이 연어는 유통기한이 지났는지 맛이 없어.”

주말에 올비가 사온 훈제연어다. 얼핏 봐도 색깔이 수상하게 진하고, 질깃한 플라스틱 질감이 느껴진다.

“유통기한과 관계없어. 그냥 맛이 없는 제품이니까 다음에는 사지 마.”

내가 말한다.

올비는 벌떡 일어나 포장지를 보이며 말한다.

“유기농 제품이라고 쓰여 있잖아.”

내가 버럭 소리 지른다.

“영화 평점이 높아도 영화가 재미없으면 재미없는 거고. 포장지에 유기농이라고 적혀 있어도 맛이 없으면 맛이 없는 거지. 대체 자기 눈과 입을 못 믿으면 누굴 믿는 거야!"

내가 손목뼈 골절 때문에 나사로 보정수술을 해야 한다는 말을 전했을 때 올비가 말했다.

"몸에 금속 넣었다는 병원 증명서 꼭 부탁해야 해. 안 그러면 비행기 탈 때 금속탐지기 통과 못 할 거야."

나는 그 순간 내 귀를 의심했다.

"알았지? 증명서 꼭 부탁해야 해."

그는 마치 아무도 생각해내지 못한 대단한 아이디어를 발견한 듯한 말투였다.

올비의 예측은 다행스럽게 대부분 어긋나지만, 그렇다고 최악으로 예측하는 습관이 달라지지는 않는다.

나는 94세가 된 올비를 상상한다. 손주를 보며 그가 가느다란 목소리로 말하는 모습을.

"얘야. 난. 이 기나긴 인생을 살면서 엄청나게 힘든 고통을 겪었단다. 물론 그중 대부분은 일어나지 않았지만……."

정육점
뒷담화

자신에게 깐깐한 것이
바깥으로 소문 난 깐깐함보다 흉이 좀 덜 잡힌다.

친구와 단골 정육점에 들른다. 내가 고기를 썰고 있는 주인 람단에게 말한다.

"참, 어제 산 로스비프 있지. 몇 그램을 샀더라. 아마 육칠백 그램은 족히 됐을 거야. 그걸 남편이 남김없이 먹었어. 아마 혼자 오백 그램도 넘게 먹었을걸."

나는 로스비프가 입에서 살살 녹았다고 말을 해주려는데, 람단이 칼질을 멈추더니 옆에 있는 친구를 쳐다보며 말한다.

"재 남편은 고기 주문할 때 아주 정확해."

그는 양손을 들어 마주 보이게 한다. 프랑스 사

람들은 '정확하다' 그리고 '꽉 막혔다'는 표현할 때 이런 손동작을 한다.

"네 친구랑은 완전 반대야. 잰 고기를 많이 줘도 '그냥 상관없어'라고 해. 그런데 남편은 저울 숫자를 꼭 확인해. 그램 단위로 정확하게 떨어져야 하거든. 그런 사람이 자기가 먹는 고기 무게는 전혀 상관하지 않는단 말이지?"

람단이 하얀 이를 드러내며 호탕하게 웃는다.

고기를 잘라주면서 단골 기질을 파악하는 람단의 예리함에 놀란다. 나는 잘라주는 고기 무게를 가지고 깐깐하게 굴지 않는다. 고깃덩어리를 그램 단위로 정확하게 자른다는 것도 어려운 일이지만, 규격을 나에게 맞추는 것보다 내가 규격에 맞추는 것이 편하다. 내가 규격을 바꿀 수도 있으니.

예를 들어, 올비는 파스타 삶는 시간을 철저히 준수하지만, 나는 다르다. 삶는 시간은 내 입으로 결정한다. 내가 알람에 급급하지 않거나, '대충'을 받아들이는 건, 유연성이라는 완충장치가 있기 때문이다. 그 유연성이 없으면 규격으로 삶은 파스타는 반은 망하고 반은 성공한다. 오래전 우리 집을 드나

들던 후배가 한국으로 돌아가면서 나에게 말했다.

"파스타 먹어보지 않고 삶는다고 남편 구박하지 마."

하지만 나도 요리할 때 재료의 양이나 내가 먹는 고기 양은 초과하는 것을 허용하지 않는다. 둘 다 깐깐한 면이 있지만, 속한 분야가 다른 것뿐이다. 그럼에도 자신에게 깐깐한 것이 바깥으로 소문 난 깐깐함보다 흉은 좀 덜 잡힌다.

긍정의 화신

바꿀 수 없는 일이면 이미 일어난 일에 대해서
애통해하며 연연하거나 불운을 탓하지 않는 편이다.

발목 골절을 당한 지 겨우 3주가 지났는데 꿈속에서도 나는 발목 깁스를 하고 있다. 사고를 당할 때마다 신기한 건 무슨 공장에서 깁스한 사람들을 방출한 듯 거리에 깁스한 사람들만 눈에 띈다.

아네스는 소식을 듣더니 걱정과 함께 내가 발목 부상으로 꼼짝 못 하는 걸 보면 자기가 당한 손목 골절이 다행스럽게 느껴진다고 말한다. 몇 달 전 프낙 서점 계산대에서 젊은 아이들 몸싸움에 떠밀려 넘어지는 바람에 손목 골절을 입고, 부작용으로 수술까지 기다리는 아네스에게 내가 말한다.

"최근 친구 다비드가 넘어져 고관절 수술을 받

고 침상에서 움직이지 못한다는 소식을 듣자마자 나도 꼭 너처럼 위안했어. 우린 정말 긍정의 화신들이야."

골절 사고 소식을 들은 대다수 친구들은 그나마 계단에서 구르지 않았고 크게 다치지 않은 것이 다행이라고 말한다. 뼈가 부서지고 여행을 망쳐도, 우리는 그런 말에 위안 받기도 한다.

바꿀 수 없는 일이라면, 나는 이미 일어난 일에 대해서는 애통해하며 연연하거나 불운을 탓하지 않는 편이다.

올비 씨는 멀리서 내 소식을 듣자마자 문자를 보낸다.

"이젠 머리통만 남았구나!"

다람쥐 쳇바퀴에서 벗어나는 방법

보고 깨우치면서 견해가 생기지만,

견해에 갇혀 보고 싶은 것만 보게 되는 것도 인간이다.

길에서 멋진 여자나 멋진 자동차를 알아차리는 방법은 간단하다. 흘끔거리는 남자들의 시선을 따라가면 된다. 한번은 집 앞에서 점잖게 차려입은 노인이 갑자기 길을 가다가 멈춰 서는 걸 본 적이 있다. 노인은 어루만지는 듯한 시선으로 빨간 스포츠카를 보며 입을 벌린 채 이렇게 아름다운 물건이 세상에 존재한다는 것을 용납할 수 없다는 표정으로 고개를 좌우로 흔들었다. 피가 흐르는 듯 빨간 스포츠카는 형태도 무척 특이했던 것 같은데 노인의 황홀한 표정만큼 내 기억에는 선명하게 남아 있지 않다.

한국에서 한 달 만에 돌아오니 그사이 파리는 찬란한 초여름이다. 집가방을 가지고 거실에 들어오면서 시야에 제일 먼저 들어온 건 발코니 화초다. 절망적인 내 표정을 읽은 올비가 먼저 선수 치듯 말한다.

"매일 물 줬어."

거실 창가로 달려가 보니, 발코니 화분뿐 아니라 물병에 넣어둔 뿌리 화초도 물 한 방울 남지 않은 채 말라 있다.

"어떻게 물을 줬는데 말라 죽을 수 있어?"

내가 소리친다.

올비는 매일 물을 주었음에도 불구하고 여행에서 돌아올 때마다 이런 욕을 얻어먹는 것이 부당하다고 화를 낸다. 나는 자기가 뭘 죽였는지조차 모르는 남자의 어이없는 변명에 화가 난다. 누가 그랬나. 모든 분노한 여성 뒤에는 자신이 대체 뭘 했는지조차 모르는 얼빠진 남성이 있다고.

1년 전 이탈리아 여행에서 일주일 만에 돌아왔을 때 지푸라기로 변한 화초를 보고 망연자실한 나에게 올비는 매일 물을 줬다며 언성을 높였다.

내가 소리쳤다.

"그건 사람을 죽여 놓고 심폐소생술 했다고 화내는 거랑 같잖아."

그때도 일주일이 지나서 부케와 사과를 받아냈지만, 여행에서 돌아올 때마다 죽은 화초 때문에 싸우는 건, 데자뷔도 아닌 다람쥐 쳇바퀴다.

겨우 화를 가라앉히고 저녁식사를 하다가, 새로 바꾼 텔레비전이 그제서 눈에 들어왔다. 벽면을 채울 정도로 큰 텔레비전을 몇 시간 만에 알아챈 나 자신에 픽 웃음이 나온다. 나는 아직도 혼자 텔레비전을 켤 줄 모른다.

렌에 사는 선배에게 오랜만에 안부전화를 드렸는데 나에게 인생의 지혜를 설파하신다.

"드디어 예순여섯 살에 깨우쳤어요. 인생은 고통과 즐거움 사이를 시계추처럼 왕복하는 거란 말이죠. 좋은 일이 있을라 치면 금방 나쁜 일이 닥치는 것. 그러니까 묵묵히 즐거움과 고통을 받아들이고 사는 것이라고요."

그 말을 들으면서 생각한다. 인생의 지혜는 모르겠고 여행에서 돌아올 때마다 남편이 죽인 화초 때문에 싸우는 이 쳇바퀴에서만이라도 탈출했으면 좋겠다고.

친구와 피크닉을 간다. 친구는 나를 운전석에 태우고 쉬지 않고 수다를 떤다.

"우리 남편은 있지. 그야말로 정원사나 산지기가 돼야 했을 사람이야."

그녀는 화가인 남편이 타고난 적성에 반한 일을 하고 사는 것이 얼마나 비극적인 일인가를 말한다.

"게다가 그는 정말 심각한 길치인데도 운전대를

절대 나에게 맡기는 적이 없어. 정말 이상한 건 이 남자의 길 찾는 방식이야. 보통 사람이라면 거리 이름이나 간판을 보고 길을 찾잖아. 그런데 이 남자는 길거리에 있는 꽃이나 나무를 보고 기억해. 그럼 꽃 나무가 없는 길은? 그냥 헤매는 거지. 차의 주행거리가 5만 킬로미터라면 3만 킬로미터는 돌아간 거리야."

그녀가 거칠게 기어를 바꾸면서 말했다.

"그럴 때마다 얼마나 화가 나는 줄 알아? 내가 감옥에 들어가지 않은 건 말이지. 오직 하나님 덕분인 줄 알라고."

보고 깨우치면서 견해가 생기지만, 견해에 갇혀 보고 싶은 것만 보게 되는 것도 인간이다. 어떤 남자는 화초만 보이고, 어떤 남자에게 화초는 지각영역 바깥에 있다. 보이지 않는다는 건 존재하지 않는다는 의미다. 존재하지도 않는 걸 돌보지 않았다고 나는 화를 내고 있는 셈이다.

쳇바퀴에서 탈출하는 방법이 있다. 지각 영역이 일치한다는 망상과 기대를 버리는 것이다. 잠자기 전에 몽테뉴 『수상록(Essais)』에서 이런 글귀를 발견하고 밑줄 친다.

우리 기질이나 의향이 일치할 수 있는 경우란 훨씬 찾아보기 어려운 일이라고 본다. 그래서 세상에 똑같은 두 견해가 있었던 적이 결코 없으니, 두 개의 털, 두 개의 낟알도 같은 법이 없는 것과 같다. 견해들의 가장 보편적인 성질, 그건 다양성이다.

안드로이드 타입 남자는 다음 날, 자동으로 물을 주고 햇빛과 습도, 영양을 앱으로 관리하는 화분을 사라고 링크를 보내준다.

중년의 습관

혼자 할 줄 아는 것이 많을수록 자유롭다.

몇 년 전 리스본에서 돌아오는 비행기에서 옆 좌석 노인과 이야기를 나눈 적이 있다. 태어날 때부터 프랑스인이었을 것 같은 노인은 은퇴한 뒤 포르투갈 남쪽 바닷가 알가브에 살면서 본토 노르망디에 검진을 받으러 가는 중이었다. 그는 지도에서 노르망디 남쪽, 소매처럼 삐죽 나온 곳을 가리키며 말했다.

"망슈는 프랑스에서 가장 아름다운 고장입니다."

그의 목소리에서 노르망디에 대한 진심 어린 사랑이 묻어났다. 그러나 정작 그를 부른 건 남쪽의 햇빛이었다.

대서양을 마주한 노르망디와 브르타뉴는 변덕스러운 날씨로 유명하다. 해가 나도 언제 그랬냐는 듯 비가 오고, 구름 낀 날씨에도 잠깐씩 해를 볼 수 있는 곳이다.

들뜬 파티와 어수선한 연말 분위기에서 도망쳐 망슈로 향한다. 파리에서 세 시간 거리인 망슈 남쪽 항구 도시 그랑빌에서 새해를 맞기로 한다.

중세 요새였던 오뜨빌을 산책한다. 지름이 겨우 20미터 정도인 오뜨빌은 양면에서 바다를 볼 수 있다. 세월에 닳아 반들반들해진 포석, 조용한 샛길, '짧은 길(Rue Courte)'이라는 거리 팻말이 귀여운 농담처럼 정겹다. 길이라고 해봤자 겨우 집의 담장 하나다. 바다를 마주한 메종의 창 안쪽을 들여다보며 트인 바다를 보면서 아침을 맞는 기분을 상상해본다. 이제 그런 상상 속에 아이들이 없다. 언제든 어느 곳이든 훌쩍 떠나 살아볼 수 있는 삶, 문득 가슴이 설렌다.

오뜨빌에서 언덕을 따라 내려오다가 작은 와인 책방을 발견하고 문을 밀고 들어간다. 책과 와인 냄새가 잔잔하게 코를 감싼다. 마른 종이와 풀냄새, 아몬드 향, 이 모든 것이 뒤섞인 향기가 신경세포를 자극해 기분을 들뜨게 만드는 현상을 어떻게 설명해야 할까? 한 체인 서점에서 서점 냄새를 향수로 만들어 판매한다는 이야길 들은 적이 있다. 은은한 조명과 책 진열대, 책의 물성에 침 고이게 만드는 책방은 이곳에 와서 살아봐야 하는 이유에 힘을 실어준다.

올비는 책방에서 저녁에 마실 와인을 구입한다.

"드디어 은퇴 이후 완벽한 프로젝트를 찾았어. 이런 조그만 책방 주인이 되어 와인 마시며 책을 읽는 거야."

"집에서 마셔. 책방 주인 되면, 와인도 마실 수 없고 책도 읽을 수 없어."

오뜨빌의 언덕길을 내려오면서 책방 주인이 되는 상상 때문인지 아니면 손에 든 와인 때문인지 올비는 기분이 한껏 들떠 보인다.

항구 카페 테라스에서 커피를 주문하는데 옆 테이블 손님이 상냥한 미소로 말을 건넨다. 어찌어찌 이 도시로 스며들게 되었다는 마드모아젤은 이방인에 대한 경계심 같은 게 전혀 없다.

커피를 주문하러 온 여주인에게 묻는다.

"이곳 사람들은 친절해요. 그렇지 않나요?"

"물론이죠. 게다가 이 정도로 따뜻한 날씨를 보너스로 받았으니, 기분이 최고인 거죠."

푸근한 날씨 때문인지 한겨울 바다 바람이 달착지근하다.

올비에게 말한다.

"자. 지금부터 너의 새해 결심을 말해줄게. 첫째 질문 줄이기, 특히 아내에게 물어보지 말기. 둘째, 계획 줄이기, 세우지 않으면 더 좋고. 셋째, 방범대원 짓 그만두기, 방범대원이 되든가."

"그건 결심이 아니라 바람이잖아."

올비가 항변한다. 사람은 고쳐 못 쓴다 해도 바람 없는 관계는 종말이다. 30년 결혼생활을 정리하겠다고 마음먹은 선배는 나에게 이렇게 말했다.

"길에서 우연히 남편을 마주쳤는데 저 사람이 내가 아는 사람인가 그런 생각을 하고 있었어요."

내가 올비에게 정색하며 말한다.

"노년을 동반하는 건 자식보다 친구가 나아. 친

구와 여행도 다니고 취미생활을 찾아. 인생은 짧지만 노년의 지루함은 길어."

조금씩 고랑을 파서 물을 흘러내리듯 중년의 습관이 노년을 만든다. 몽테뉴가 말했듯 재미를 맛보는 욕구를 훈련하고 날카롭게 만들어야 한다. 양육이라는 공동 과업을 끝내면 그 빈자리는 자신으로 채워야 한다. 혼자 할 줄 아는 것이 많을수록 자유롭다. 만족스러운 관계는 의존적이지 않다. 나무를 타고 자라는 넝쿨보다 땅에 깊숙이 뿌리내려 올곧게 자라는 나무가 멋진 것처럼.

나는 때때로 내가 없는 그의 인생, 그가 없는 나의 인생을 상상한다. 죽음을 곱씹고, 뺄셈에 익숙해진 건 암이라는 병이 준 단단한 선물이다.

해가 바뀌는 것을 축하하면서 샴페인을 마시지만 덤덤하다. 쥐가 가고 소가 오든, 소가 가고 돼지가 오든. 한국의 어떤 지인은 새해인사에 동물 색깔이 어떤 대운의 징조인 것처럼 말한다. 나이 들면서 현명해지는 징조는 이제 그런 말이 심한 헛소리로 들린다는 점이다.

심리학자 에릭 에릭슨의 분류에 의하면 40~65세 인간에게 필요한 가장 근본적인 질문은 '과연 인생에서 나는 쓸모 있는 것을 생산했느냐?'라고 한다. 꽤 오래전부터 이 질문을 해오고 있지만 아직 떳떳하고 자랑스러운 답을 찾지 못한다. 해가 지날수록 '쓸모 있는 것'의 정의가 점점 소박해지기 때문인지도 모른다.

이를테면, 사랑하는 존재를 위해 차린 저녁 식탁, 가까운 이들과 보낸 친밀한 시간, 두려움 없이 완벽하게 자전거를 타겠다는 결심 같은 것들이다.

자식과 부모의 정신적인 거리두기는 매번 산고처럼 고통이 따른다. 자식의 독립은 부모에게는 포근하게 덮고 있던 이불이 젖혀지는 순간이다.

탯줄 자르기

02

다정한 습관과
헤어지는 연습

|\|

나는 단비가 나보다 현명하게 살 거라는 믿음이 있다.
인생도 진화하는 면이 있기 때문이다.

화창한 주말인데 심란하다.

'단비가 분가하기 때문인가?'

헝클어진 마음을 가다듬으려고 부엌을 닦는데 침전물처럼 우울이 자꾸 마음을 흐려놓는다. 혼자 중얼거린다.

'슬픈가?'

단비가 다가와 손가락으로 내 미간을 펴준다. 나도 모르게 골똘하게 빠진 생각이 그리 흔쾌하지 않았던가 보다.

올비가 내 표정을 힐끗 보며 묻는다.

"누구한테 무슨 일 당했어?"

내가 속으로 중얼거린다.

“응. 당했다면 세월에게 당했지. 그것도 호되게…….”

오후에 단비가 울상이 되어 말한다.

“엄마한테 나도 슬픔이 감염되었나 봐.”

내가 말한다.

“애도 기간처럼 이런 슬픔도 필요한 거지 뭐. 근데, 난 네 방을 없앤다는 게 더 슬퍼.”

“그래도 쓸데없는 공간을 두는 건 낭비지.”

헤어지는 애인에게 헛된 희망을 주지 않으려고 쐐기 놓듯 잘라내는 단비 말에 마음이 싸하다.

“혹시 아니? 집에 다시 들어올 일이 생길지도. 알렉스와 헤어지고 직업을 잃는다면?”

그럴 기분도 아니지만 농담을 던진다.

“거실 소파에서 살면 돼. 영화에서 보면 그러잖아.”

픽 웃음이 나온다.

‘그게 너하고 어울리는 배역이나 되니.’

그랑제콜 졸업, 취업, 독립이 이렇게 한꺼번에 닥칠 거라곤 상상한 적이 없다. 넌지시 파리의 비싼 아파트 월세 내지 말고 당분간 먹여주고 재워주는 집에서 있다가 분가하는 건 어떠냐고 물었다가 좋은 성적표 받고 다음 학년으로 넘어가는 아이에게 유급하라고 종용하는 기분이 들고 말았다.

한국에 계신 어머니는 단비 분가 소식에 놀라며 묻는다.

"결혼도 안 하고?"

나도 모르게 웃음이 나온다.

"엄마, 결혼이라는 말 들으면 아직도 토 안 나와?"

친정가족은 이혼 횟수가 결혼 횟수를 앞질렀다.

"단비는 결혼이 돈 쓰는 파티라는 거 말고 다른 의미가 없대."

"허…… 참."

단비와 슈퍼에 간다. 각각 다른 집으로 가는 장을 보기 위해서다.

"근데 말이지. 화창한 날씨에 이렇게 멀리 떨어진 교외로 장을 보러 가니까 여행지에서 빈 냉장고 채우러 슈퍼 가는 기분이야. 그렇지 않니?"

차 안에서는 쫑알거리던 꼬맹이가 사라지고 한

숙녀가 운전 중이다.

내가 말한다.

"사람들이 이기적으로 사는 건 진화의 측면에서 별로 바람직하지 않다고 생각해. 고모 안느를 봐, 이기적인 성향이 아니라면 더 많은 걸 가질 수 있을 텐데……. 결국은 작은 욕심을 챙기느라 큰 걸 놓친다는 거지."

"아무 생각이 없는 거지."

"그러니까, 아무 생각 없이 살면 안 돼. 타인과 산다는 건 결코 쉬운 일이 아니야. 우선 상대를 위해 엉덩이가 가벼워야 해."

"엄마는 엉덩이가 너무 가벼워서 아빠를 사치스럽게 버릇을 들였어. 그건 엄마 잘못이야."

"관계에서 주고받는 것을 아는 건 꽤 복잡해. 어쩌면 인생도 수학처럼 배워야 하는지도 몰라."

이런 말을 하지만, 나는 단비가 나보다 현명하게 살 거라는 믿음이 있다. 인생도 진화하는 면이 있기 때문이다.

"편안함에 안주하지 마."

내가 말한다.

"알아."

단비와 알렉스가 살 집은 퐁피두센터에서 두어 걸음 떨어진 곳 천장 높은 옛날 아파트다. 홍대 앞 허름한 아틀리에에서 독립한 내 스물여섯을 떠올리면 진화한 셈이다.

화초를 사놓고 창문을 닦아주고 탁자 조립하는 걸 도와준다. 이런저런 조언에 단비는 감탄을 연발한다. 어머니 말씀은 모조리 잔소리로 들렸던 내 자신을 떠올리면 그것도 진화한 인생이다.

도란도란 오후를 보내며 다정한 습관과 헤어지는 슬픔이 조금씩 보람으로 바뀐다.

식구의 의미

지나친 호의는 자기도 모르게

타인을 길들일 수 있다는 점에서 조심해야 한다.

프랑스어에 ‘계곡’이라는 단어가 없다는 걸 최근에 알았다. 신기해하는 내 표정을 보더니 현비가 말한다.

“프랑스에는 한국처럼 계곡이라는 지형이 없어서 그래.”

프랑스어에 ‘애교’라는 단어가 없는 것도 같은 이유인가? 귀여움, 사랑스러움이라는 뜻의 단어 ‘mignonnerie’가 있지만 한국어 ‘애교’와는 다르다. 나는 애교가 전혀 없고 아내로서도 그리 다정한 편이 아니다. 그런데 어디서 맛있는 음식을 먹을 때면 올비 생각이 난다. 그는 맛있는 음식을 먹을 때 가장 행복해 보이는 남자다.

단비와 알렉스는 루이루그랑 프레파(Prépa, 그랑제콜 입시 준비반)에서 만났고, 둘은 그랑제콜을 졸업하고 컴퓨터 공학 엔지니어가 되었다. 알렉스의 부모는 남불 아비뇽 근처에 살기 때문에 기숙사 생활하는 알렉스가 집에 오는 일이 많다. 가족이라는 습관 공동체 안에 타인이 들어온다는 건 대단히 조심스러운 일이다. 탐색하는 시선을 서로 의식할 수밖에 없으니 말이다.

특히 식탁은 한 사람의 기질을 쉽게 드러낸다. 나는 식탐만 있고 욕심 없는 사람을 본 적이 없다. 식성이 편협하고 까다로운 사람이 개방적인 기질을 가진 경우도 드물다. 타인에게 먼저 음식을 배려하는 사람은 다른 면에서도 그렇다. 식욕은 다분히 삶의 에너지와 비례한다. 타고난 기질처럼 식욕도 사람마다 다르다는 건 의심의 여지가 없다.

알렉스를 보면, 실습하는 학생처럼 조심스럽게 먹는다. 의사결정이 신중한 편이고, 아마 비슷한 자세로 공부했을 거란 생각이 든다. 가렸던 음식도 흔쾌히 다시 시도하는 걸로 봐서, 편견에 갇혀 단호한 결정은 하지 않을 것 같다. 음식에 대한 호기심이 많고, 무엇보다 호스트를 만족시키는 식성을 가졌다. 맛있다고 생각해도, 호들갑스럽고 과장된 음식 칭찬 같은 건 하지 않는다. 지나가는 혼잣말로 "최고지"라는 말을 흘려들으면서 나는 신실함 같은 걸 느낀다. 식성과 취향에 국한된 것이 아니라 무언가를 좋아한다는 것에는 일정 정도 삶의 태도가 반영된다.

처음 알렉스와 같이 노르망디로 가족여행을 떠났다. 슈퍼에서 빠진 물건을 사러 알렉스가 운전하는 차를 타고 나선다. 나를 태우고 운전하는 것이 신경 쓰일 터인데 알렉스는 스스럼없이 물었다.

"내 운전 스타일 어때?"

나도 주저하지 않고 대꾸했다.

"신뢰 백 퍼센트!"

알렉스는 전날 내가 파란 아마꽃들이 만발한 들판을 보고 감탄했던 것을 기억하고, 슈퍼가 아닌 들판 앞에 나를 데려다주며 말했다.

"우리 부모는 그렇게 문화적인 편이 아니야. 책

을 많이 읽지 않고 오페라나 연극을 보러 가지도 않아. 그런데 전혀 다른 환경에서 자란 단비와 내가 비슷한 면이 많은 것이 신기해."

단비가 나에게 일란성 쌍둥이 같다고 말해줬던 기억이 난다.

"알렉스! 네 나이에는 비슷한 면만 보이고, 우리 나이가 되면 다른 점만 찾게 된단다. 그게 인생이야."

알렉스는 재치 있는 농담이라는 듯 소리 내어 웃었다. 나는 속으로 중얼거렸다.

'이 문장이 오랫동안 너를 웃기길 바란다.'

집에 맡겨놨던 무거운 짐을 챙겨가는 알렉스는 자동차로 데려다준다 해도 한사코 마다한다. 타인의 시간을 빼앗는 것보다 무거운 짐을 옮기는 것이 마음 가벼운 일이라는 걸 알아채지만, 혹시나 하고 다시 한번 제의한다. 그는 단호하게 다시 한번 거절한다. 지나친 호의는 자기도 모르게 타인을 길들일 수 있다는 점에서 조심해야 한다.

저녁에 클라푸티를 만든다. 아몬드 가루를 넣었더니 피낭시에처럼 식감이 살고, 바닐라가 달걀 비린내를 잡아주는 근사한 레시피다. 그걸 먹다 불쑥 알렉스 생각이 난다. 식구, 한국어는 참 대단하다. 음식을 나누어 먹는다는 의미를 이렇게 잘 파악한 단어는 없다.

최고의 부모

자식을 키우는 순수한 목적은
자식에게 더 이상 부모가 필요하지 않게 만드는 것이다.

아침 일찍 나를 깨운 건 까띠의 전화다.

"마르세유로 돌아가는 엄마 비행기가 폭설로 취소될지도 모른대."

까띠는 옆방에 있는 엄마가 들을까 봐 전화 목소리를 낮춘다. 폭설인지, 바뀐 일정 때문인지, 까띠 목소리에서 다급한 불안감이 느껴진다.

10시 반이 지나면서 예보대로 눈이 쏟아지기 시작한다.

'그래봤자 눈인데 뭐.'

시청에서 볼일을 보고 나오다가 어쩐지 이런 날은 사람들이 외출하지 않을 것 같아 미뤘던 세무서 업무를 보기 위해 버스를 탄다. 버스 창문으로 눈 내리는 풍경을 보다 문득 까띠를 떠올린다.

까띠는 마르세유에 사는 부모님과 하루도 빠짐없이 전화한다. 아예 스피커폰을 켜놓고 집안일을 하는 까띠의 전화는 거의 통화 중이다. 까띠는 나에게 비밀을 털어놓듯, 자기가 아이를 낳은 건 아버지에게 손주를 안겨주기 위해서라고 말한 적이 있다. 애완견을 입양하는 것도 아니고 과장된 표현이겠거니 생각했는데, 아들 레미는 고등학교를 졸업하자마자 조부모가 사는 마르세유로 내려갔다. 그리고 레미도 매일 까띠와 전화를 붙들고 지낸다.

버스에서 내리는데 눈발이 굵어진다. 가방 속에는 우산이 있지만 꺼내기 귀찮아 그냥 걷는다.

세무서 직원은 업무를 보다 말고 창밖으로 힐끗 시선을 주며 걱정스러운 말투로 말한다.

"대체 이렇게 떨어지니……."

시간을 보니 눈이 떨어지기 시작한 지 한 시간도 지나지 않았다.

"그래봤자, 눈인데요."

그녀는 친절하게 서류를 챙겨서 돌려준다. 집으

로 돌아가는 버스를 타려고 정류장에 도착했을 때 히잡을 쓴 중년 여자가 초조한 표정으로 안내가 꺼진 전광판을 쳐다본다. 내가 핸드폰으로 버스 시간을 확인한 뒤 7분 후라고 말해줬더니 안도하는 표정으로 말한다.

"나는 그르노블에 사는데 거긴 눈이 흔해요. 이곳 사람들은 조금만 눈이 내려도 어쩔 줄 몰라 해요."

"파리는 눈이 흔한 도시가 아니지요."

폭설이 내리면 거리는 방음 장치를 한 듯 갑자기 조용해진다. 승객을 태우지 않고 버스가 지나가자 남자가 투덜거리며 자리를 뜬다. 그때 까띠에게서 다시 메시지가 도착한다.

[엄마가 겨우 비행기에 탑승했는데 날개에 쌓인 눈을 치우느라 한 시간째 이륙을 기다리고 있대.]

눈도 멈추지 않고, 까띠의 불안도 멈추지 않는다.

까띠는 습관처럼 자긴 최고의 부모를 가졌다고 말하곤 한다. 나는 최고의 부모를 가졌다고 말할 수 있는 그녀가 부러웠다. 시간이 지나고 까띠의 가족이 매년 3개월 넘는 바캉스를 부모님과 지낸다는 걸 알면서 부러움이 사라졌다.

지난여름, 까띠는 긴 바캉스를 마르세유에서 보내고 돌아온 뒤 고민을 털어놓았다.

"하루는 시내에서 친구를 만나고 집에 돌아갔는데 아버지가 문밖에 나와서 기다리고 있었어. 언제부터 나를 기다리고 있었는지 몰랐기 때문에 좀 어리둥절했지. 아버지는 나한테 차에서 내리라고 하더니, 차를 주차장에 넣었어. 내 운전 실력을 믿을 수 없었던 거야."

그녀는 자존심이 상했다. 운전 부적격자 취급을 하며 핸들을 빼앗은 아버지에 대한 서운함은 시간이 지나면서 점점 원망과 분노로 바뀌었다. 여름 내내 그런 자신을 고민하다 결국 가을에 상담사를 찾아갔다.

까띠의 긴 고민을 들은 상담사는 이렇게 물었다.

"당신은 혹시 혼자 힘으로 살아본 적이 있나요?"

까띠는 한 번도 자기 힘으로 돈을 벌어본 적이

없다. 하지만 상담사의 이런 질문은 가사노동을 비하하는 것처럼 들렸고 남편의 월급이나 축낸다는 뉘앙스로 느껴져 자존심에 더 큰 상처를 받는다. 그녀는 상담을 포기하는 게 나을 거라는 생각이 든다. 하지만 까띠는 상담을 취소하겠다고 전화 걸어 말할 용기가 나지 않았다. 그녀는 밤잠을 설치며 전전긍긍한다. 아버지 때문에 시작한 고민은 점점 상담 예약을 취소하는 고민으로 바뀐다. 결국 남편에게 모든 사실을 털어놓은 뒤 남편의 도움으로 상담을 포기한다.

스노체인이 없는 버스들은 모두 차고로 돌아가는 중이다. 나는 버스회사 직원이 세운 버스에 간신히 올라탄다. 소리 없이 눈이 쌓이는 바깥 풍경을 쳐다보고 있으니 버스가 그르노블의 스키 마을 어디쯤으로 데려다줄 것 같다.

다섯 시간 동안 눈은 쉬지 않고 쏟아진다. 도로는 마비되었고, 버스를 타지 못한 사람들은 길을 헤매고 뛰어다니고 있다. 르몽드 신문은 배달이 중단되고 우체국은 오후 3시에 문을 닫았다. 학교는 휴

강하고, 현비는 딱딱한 얼음덩어리가 건물에서 발밑으로 떨어져 간신히 죽음을 면했다고 한다. 이웃 프리바 씨는 "눈이 하루라도 더 오면 이 도시는 어떤 상황이 될지 알 수 없다"며 걱정한다.

까띠 엄마의 비행기가 드디어 이륙한다. 하지만 아무리 먼 거리에 떨어져 있어도 그들은 단단히 묶여 있다. 까띠는 핸들을 빼앗은 아버지에게 화가 났지만, 정작 자기 인생의 운전대를 자신에게 맡겨본 적 없는 아버지에게 화낼 줄은 몰랐다. 자기 자리를 찾지 못한 그녀는 육십이 될 때까지 겁에 질린 소녀였다.

자식을 곁에 묶어두고 싶어 하는 부모의 잘못된 권력은 사랑, 희생, 가족주의라는 가면을 쓴다. 최고의 부모는 자식을 곁에 묶어두지 않는다. 자식을 키우는 순수한 목적은 자식에게 더 이상 부모가 필요하지 않게 만드는 것이기 때문이다.

헤어질 시간

새벽에 일어나 현비가 기차에서 먹을 샌드위치를 싼다. 알람을 맞춰놓으면 먼저 일어나 알람이 울리는지 확인하는 성격이라 새벽에 도시락을 싸는 날은 꼭 잠을 설치고 만다. 연어와 살라미로 샌드위치를 만들며 생각한다.

'연어 샌드위치는 고기를 먹지 않는 여자친구 로라에게 주겠지.'

현비는 혼자 갈 수 있다고 하지만 나는 무거운 짐가방이 신경 쓰여 데려다준다고 한다. 지난주, 친구 소리아는 외국으로 연수 떠나는 딸아이의 짐가방을 들고 메트로 안으로 뛰어 들어가서야 자기가

'독립이라는 맛'을 일깨워주면서 키웠고,
그들이 잘 떠나게 도와주지만,
막상 그 순간이 오니 믿을 수 없을 만큼 폭력적이었다는
이야기를 상상해본 적이 있다.

잠옷 차림이라는 걸 알았다. 새끼에 대한 어미들의 본능은 비슷하다.

리옹 기차역까지는 22분이 걸리지만 우린 한 시간 일찍 출발한다.

"늦는 것보단 낫잖아."

운전을 하는 동안 '여름 두 달 동안 운전면허를 따는 것이 좋겠다'는 말이 입에서 맴돌지만, 꿀꺽 삼킨다. 남불에서 가장 아름다운 바닷가 연구소로 친구들과 사랑하는 여자친구와 연수 떠나는 녀석에게 이런 말은 엄마의 매력 없는 잔소리로 들릴 것이다.

파리 마라톤 때문에 도로가 폐쇄되는 바람에 총

알택시 운전기사 모드로 바뀐다. 돌고 돌아 기차 출발 10분 전 리옹 역에 간신히 도착한다. 무거운 가방을 끌고 역으로 들어가는 녀석과 눈인사밖에 나누지 못한다.

집으로 돌아오는 길, 올비로부터 여행 패키지 상품 링크 문자가 날아들고 있다. 허무를 극복하는 방식은 각자 다르다.

영화배우 캐롤 부케의 인터뷰를 기억한다. 바칼로레아를 끝낸 아들이 바르셀로나에서 정착하는 것을 도와주고 파리로 돌아오는 공항에 도착했을 때, 얼이 빠진 채 아이스크림 스물두 개를 먹었다고. '독립이라는 맛'을 일깨워주면서 키웠고, 그들이 잘 떠나게 도와주지만, 막상 그 순간이 오니 믿을 수 없을 만큼 폭력적이었다는 이야기를 읽으면서 그게 어떤 기분일지 상상해본 적이 있다.

올비와 나는 아무 말 없이 점심을 먹는다. 입 안에서는 음식 맛이 아니라 노년 맛이 서걱거린다. 헝클어진 마음 서랍을 정리하는 기분으로 집 안의 벽장과 서랍 정리에 오후를 바치기로 한다. 책상서랍 정리를 할 때마다 쭈뼛거리며 나오는 세계 화폐들,

필요할 땐 지갑 속에 없는 모든 회원카드들. 없어도 사는 데 지장 없지만 버리기에 꺼림직한 잡동사니들은 검열을 마치고 슬그머니 제자리로 찾아 돌아간다. 오래전부터 서랍 한 구석에 간직하는 현비의 엄지 그림 노트를 넘기며 상념에 빠진다. 아이가 보는 시선으로 세상을 보았던 감미로운 시간이었다.

침대를 정리하다가 문득, 갑작스러운 남편의 죽음을 겪은 아내가 부부의 침대 매트리스를 뒤집는 미드의 한 장면이 떠오른다. 부드러운 일상의 습관을 뒤집는 용기가 필요한 순간이다.

마치 내일 죽을 사람처럼 집 안의 벽장, 서랍들을 정리하고 나니 등골이 쪼개질 듯 아프다. 침대에 나른한 육신을 눕혀놓고 머리맡에 있는 몽테뉴를 펼쳐 읽다가 내 밑줄을 기다리는 한 구절을 발견한다.

다른 것들이 우리 몫이 되게는 하되, 떼어내면 우리 살갗이 벗겨지고 살점이 함께 떨어져 나갈 만큼 강하게 결합되거나 달라붙지는 말아야 한다.

실망마저도 가로채서는 안 되는 일

부모는 탯줄을 자르고 나온 자식이
자기 몸의 일부가 아닌 다른 세계라는 사실을
하루에 열두 번 아로새겨도 결코 모자라지 않다.

서울의 어느 식당에서 친구와 친구의 지인과 같이 점심을 먹는데 친구 지인이 말한다.

"아이를 낳아 기르면서 무조건적 사랑이 뭔지 알게 되었어요. 정말 행운이라 생각해요."

내 친구는 자식을 원했지만 갖지 못했다. 말 그대로 운이 없었다. 나는 그런 말을 하는 친구의 지인을 물끄러미 쳐다본다. 그가 아들에게 굉장한 경제적 지원을 해준다는 이야길 친구에게 들은 적 있다.

"무조건적인 사랑을 조심하세요. 이타적이라고 생각하지만 자신 몸의 일부라고 착각하는 것일 수도 있어요."

무조건적인 사랑과 무분별한 사랑은 종이 한 장 차이다. 자식에 대한 몰아를 희생과 사랑으로 착각하는 건 어렵지 않다. 거리를 존중하지 않는 사랑은 대상을 소유하고 자신을 채우려는 욕망이다. 부모는 탯줄을 자르고 나온 자식이 자기 몸의 일부가 아닌 다른 세계라는 사실을 하루에 열두 번 아로새겨도 결코 모자라지 않다.

어머니는 오빠가 유치원 사생대회에서 그린 그림을 보고 어찌나 실망했는지 울었다. 환갑을 바라보는 오빠가 씁쓸한 표정으로 해준 말이다. 욕망을 투사한다는 자각 없이 어머니는 가정교사를 두고, 돈과 시간과 열정을 쏟아부었고 실망할 때마다 가슴을 쳤다. 어머니는 희생만 기억했고, 오빠에게 무엇을 빼앗았는지 알지 못했다.

오빠는 어머니 기대와 어긋난 인생을 살았다. 어머니는 기대에 대한 실망과 좌절 때문에 다른 자식들의 교육에 완전히 관심을 꺼버렸다. 덕분에 나는 오빠가 짊어진 그 무거운 관심을 한 번도 경험하지 못했다. 제도 교육을 통틀어 그 시대 흔했던 돈봉투는커녕 선생님 면담조차 해본 적이 없었으니까.

하지만 부모의 몰아적 관심보다 무관심이 백번 낫다는 생각은 바뀌어본 적 없다. 나는 세상을 보는 법을 혼자 배웠다. 적어도 성취와 노력은 내 자신을 위한 것이었다.

몇 년 전의 일이다. 현비가 학교에서 어떤 결과를 기다리고 있었다. 탐탁지 않은 결과를 듣고 실망한 내 표정을 읽은 현비가 나를 빤히 쳐다보며 말한다.

"왜 엄마 인생인 것처럼 반응해?"

나는 갑자기 대꾸할 말을 찾지 못했다. 실망도 현비 몫이므로 함부로 가로채서는 안 된다는, 그건 깨달음 이상의 각성이었다.

자식과 부모의 정신적인 거리두기는 매번 산고처럼 고통이 따른다. 부모에게 자식의 독립은 포근하게 덮고 있던 이불이 젖혀지는 순간이다.

단비가 고등학교를 졸업하고 한국어 연수를 하러 서울에 갔던 여름, 친구들과 노는 데 정신이 팔려 기숙사에 들어가서 메시지를 보내는 걸 자꾸 잊어버렸다. 9천 킬로미터 떨어진 거리에서 내 걱정을 가볍게 치부하는 단비에게 서운하고 화가 났다. 갈등 없는 사춘기를 보냈던 터라 그런 기분이 몹시 생소하기도 했다. 참다못해 메시지를 보냈는데 우울한 기운이 스멀스멀 올라왔다. 거실 소파에서 뒹굴고 있던 현비에게 내 기분을 털어놓으며 말했다.

"그런데 서울에 있는 단비는 이런 간섭이 싫은 모양이야."

현비가 말했다.

"너무 깊은 생각은 하지 마. 엄마는 해야 할 말을 한 거니까. 열여덟 성인이 되었다고 어른이 다 된 건 아니잖아. 그렇다면 이 집에 살 필요도 없는 거지."

녀석의 말은 맞았다. 하지만 허전한 기분은 뭐라 설명하기 힘들었다.

"그런데 뭐랄까…… 보이지 않는 탯줄이 잘린 기분이야."

그 말을 듣더니 현비가 말했다.

"엄마, 그래도 이건 반드시 알아야 해. 언젠가는 이런 것이 끝난다는 거야. 엄마도 할머니한테 집에 들어갔다고 전화하지는 않잖아."

순간, 내가 느낀 우울은 단비와 떨어져 있는 거

리, 혹은 메시지 보내는 걸 잊은 섭섭함 때문이 아니라 단비가 부모의 사랑과 관심이라는 권력에서 독립하려는 걸 힘들어해서라는 것을 알았다.

14년짜리 인생이 50년 인생을 깨우치기도 한다. 하지만 누구나 그렇듯 아는 것은 힘이 된다.

인생에서 주인으로 사는 비결은 '해야 하는 일'을 위해서 '하고 싶은 일'을 희생하지 않는 것이다.

단비가 사는 곳은 퐁피두센터 옆 마레 지구 입구인 랑뷰토 거리다. 어떤 장소를 안다는 것과 그곳에 산다는 것은 좀 다른 것 같다. 단비가 마레에 살기 시작한 이후 레알을 가로질러 갈 때마다 파리의 심장을 접수한 느낌이 뭔지 어렴풋이 알 것 같다.

내 발소리를 먼저 들은 단비가 문을 열고 계단 끝에서 반갑게 활짝 웃음을 짓는다. 귀밑까지 올라가는 단비의 미소를 보면 불교에서 왜 웃음이 보시라고 하는지 알겠다. 단비는 이마에 난 흉터를 보더니 콤팩트를 가져와 내 얼굴을 토닥거린다. 나는 맨날 부딪히고 넘어져 깨지는 영락없는 문제 엄마다.

하지만 상처와 고민을 만져줄 줄 아는 존재를 키운 엄마이기도 하다.

커피를 마시며 내가 묻는다.

"어때?"

"좋아."

"불편한 건?"

"전혀. 근데 생각하면 기분이 좀 이상해."

나와 닮은 존재가 내 앞에 앉아 있다. 그리고 난 그 존재가 말하는 이상하다는 기분을 알 것 같다. 어렸을 적에 다른 집에 가서 잘 때, 새로 씌운 풀 먹인 빳빳한 이불 홑청을 덮는 느낌. 둥지의 따스함을 반납한 기분이 들었다. 우리도 이런 변화에 익숙해지는 시간이 오겠지.

"궁금한 게 있어. 넌 알렉스와 싸운 적 있니?"

내가 묻는다.

"한두 번 정도 있는데, 오래돼서 기억이 안 나."

"화가 나면 넌 어떻게 해?"

"그냥 셔터를 내려."

"셔터를 내리거나 싸우거나 상관없어. 그런데

말로 상처 주는 건 하면 안 돼. 감정은 사라지지만 말은 남는다."

"맞아."

"넌 인생에서 혹시 부족한 거 있니?"

"없어. 응, 있다. 시간."

"시간?"

"응. 실은 있긴 있어."

"뭔데?"

"창의적인 작업."

"창의적인?"

"지난번에 엄마 말 듣고 집에서 피아노 가져온 건 잘했어. 피아노를 치는 게 좋긴 해. 그런데 그 욕구가 다 충족되는 게 아니야."

"즐기기 위해 피아노를 치는 것과 곡을 완성하는 건 달라."

"그래서 하는 말인데, 얼마 전부터 그림을 그리고 싶었어. 잠깐 그리는 거 말고, 작품으로 완성하는 것. 그걸 경험하고 배우고 싶어. 인생에서 주인으로 사는 유일한 열쇠는 창의적 열정이란 생각이 들어."

나는 이해할 수 있다. 얼마 전, 베를린에서 조그

마한 갤러리에 들어갔다. 일곱 점 정도 걸린 추상 회화작품을 보면서 갑자기 그림을 그리고 싶은 강렬한 욕구가 꿈틀거리는 것이 느껴졌다. 무언가를 만들어가는 것, 과연 인생에서 아름다움을 향해 천천히 도달하고 있다는 만족감과 바꿀 수 있는 것이 있을까? 그런 욕망과 의지는 내부에서 나온다.

몇 년 전, 뉴욕 지사에서 제의했던 일자리를 거절하면서 단비가 말했다.

"돈을 많이 준다고 미친 듯 일만 하는 인생이 무슨 인생이야?"

인생에서 주인으로 사는 비결은 '해야 하는 일'을 위해서 '하고 싶은 일'을 희생하지 않는 것이다.

"그럼, 루브르에서 미술수업 듣는 건 어때? 뭐든지 시간과 노력을 투자하지 않으면 얻을 수 있는 것은 없어."

단비는 공감도 결단도 빠르다.

저녁에 알렉스가 나에게 메시지를 보낸다.

[혹시 단비 생일선물 아이디어 가지고 있으면 미리 알려줘.]

[루브르 데생 수업이 좋을 거 같아. 단비 인생에

부족한 건 시간, 그리고 창의적 작업밖에 없대. 그 정도면 괜찮은 인생 맞지?]

슬픈
행복감

가지고 있는 것들이 지겹게 느껴지면
그것을 모두 잃어버려 절실하게 그리워하고 있다고
상상해보라.
- 플루타르코스

현비에게 아침 비주를 하다 묻는다.

"크레이프?"

현비는 손님처럼 약간 황송하다는 말투로 "그래" 하고 대답한다.

크레이프를 만들려고 보니 달걀이 떨어졌다. 기차 출발 시간을 계산하면서 슈퍼로 달려가다 문득 며칠 전 친구가 한 말이 떠오른다.

"자기 알아? 뭐든 너무 열심히 하는 거. 그거 다 병이야."

아침 일찍 일어나 기차에서 먹을 도시락을 싸주려고 이렇게 허겁지겁 달걀 사러 뛰어가는 것도 질

병인가?

나는 변명처럼 마음속으로 중얼거린다.

'사랑은 진심이고, 진심인 것은 뭐, 열심일 수밖에 없지 않은가?'

하지만 뭐든 열심인 사람과 그렇지 않은 사람의 차이와 원인에 대해서 나는 아직 그럴듯한 해답을 찾지 못한다.

슈퍼에서 달걀을 사서 들어가는데 올려놓은 냄비가 타는 바람에 아파트 거실까지 연기가 가득하다. 타는 냄비 옆에 앉아 르몽드를 읽으며 커피를 마시던 올비는 그제야 "무슨 냄새가 나는 거 같아"라며 엉거주춤 일어난다.

내가 까맣게 바닥이 탄 냄비를 보며 성을 낸다.

"아니 어떻게 바로 옆에서 이렇게 타는 걸 모를 수 있어?"

"부탁하지 않았는데 내가 어떻게 알아?"

이런 대답은 항상 나를 더 화나게 만든다.

"아니, 그럼 집에 불나도 부탁을 안 하면 몰라?"

영락없이 닐 게이먼 동화책에 등장하는, 매일 신문만 읽는 아버지다. 아들이 아버지를 친구의 금

붕어 두 마리와 바꿔버려 엄마의 성화로 다시 찾으러 갔는데 어딘지도 모르고 철창에 갇혀 당근을 뜯어 먹으며 신문만 읽고 있는 글 자 중 독 자.

현비는 브르타뉴 연구소로 다시 떠나면서 나를 위로한다.

"3주 후에 다시 오는데 뭐."

녀석의 슬픈 표정을 보면서 속으로 중얼거린다.

'앤, 미련 없이 잘해주고 나면 잊기 쉽다는 걸 몰라.'

올비는 입구에 널린 가방을 보며 "어. 짐이 참 많네" 하고 손님 배웅하듯 현비와 넙죽 인사한다. 내가 몇 번 눈짓을 보내지만, 글자중독자는 글자 아닌 다른 신호를 전혀 해독하지 못한다.

내가 말한다.

"신발 신고 빨리 가방 밀어."

그제야 올비는 화들짝 신발을 신는다.

현비가 역에 도착해서 무거운 가방을 끌고 어떻게 기숙사까지 갈지 궁금하지만 혼자 알아서 하는 나이기 때문에 묻지 않는다. 일일이 간섭하는 인상을 주지 않고 해줄 수 있는 것만 해주는 엄마가 되는 건 쉽지 않다.

친구에게 묻는다.

“만약에 네가 기차를 타고 갔다면 분명 물어봤을 거야. 성인 된 아들이라 참견하는 것처럼 비칠까 봐 눈치보는 건 좀 억울한 거 아닌가?”

친구가 웃는다. 보통 그렇지만 자신에게 던지는 질문에는 답이 없다.

빈방을 치우면서 생각한다. 나는 살면서 누군가 궁금해본 적은 있어도, 그리워해 본 적은 없다. 아이들을 두고 한국에서 일할 때도 비행기만 타면 잠이 들고 잊었다. 30년을 외국에 살지만, 고국 병 비슷한 것도 느껴본 적이 없다. 그리움이나 애착도 기질에서 나온다.

며칠 전 저녁, 파리 근교에서 집으로 운전해 돌아오는데 차가 신호대기로 멈췄다. 교차로 옆, 조그만 메종의 지붕 위로 보이는 코발트색 저녁 하늘 풍경이 가슴으로 스며들어 왔다. 슬픈 행복감이 잔잔히 밀려왔다. 그 기묘한 슬픔이 뭔지 알 것 같았다.

언젠가 이곳을 떠나는 순간, 지구라는 행성에서의
기억과 애착, 바로 이생에 대한 향수(鄕愁)였다.

즐거움에 무뎌지지 않는 기술

다 아는 데서 새삼스러운 의미를 찾는 것,

미덕에 무심해지지 않는 것,

그게 바로 나의 행복론이다.

|\|

행복은 프랑스어로 'bonheur', '좋은 징조(bon heur)'라는 뜻으로 라틴어가 어원이다. 불행은 'malheur', '나쁜 징조(mal heur)'이다. 즉, 행복이나 불행은 운과 관련된다는 의미다. 몽테뉴는 지혜조차 행운을 대신할 수 없다고 했다.

일전에 길을 가다가 사고를 당했다. 피해갔으면 좋았지만, 부주의하게 발목을 접질리듯 교통사고처럼 그런 일이 생긴다. 그런데 가만히 돌이켜보면 사람들은 기쁨을 주는 것보다 불행한 사고에 훨씬 호들갑 떤다. 마치 그런 불행이 나에게 일어나서는 안 되는 것처럼 말이다. 삼라만상의 모든 우연을 감안

한다면 불행에 투덜거리는 것만큼이나 다행도 기뻐할 줄 알아야 한다.

현비가 연구소에서 회식이 있어 늦게 들어온다는 메시지를 받는다. 날씨도 쌀쌀하고 메트로가 끊기는 시간이라 RER선이 도착하는 역까지 픽업하러 간다고 하니 괜찮다고 한다.

다시 한번 문자를 보낸다.

[겨우 차로 10분 거리야.]

감기에 걸려서인지 차로 픽업하는 걸 허락한 적 없는 녀석에게 승락이 떨어진다.

[알았어. 그럼 고마워.]

아침에 커피를 마시다가 올비에게 말한다.

"어제 밤에 현비를 픽업해줬는데 진심으로 고맙다는 말을 세 번 했어. 진심으로 감동했어."

올비가 말한다.

"뭘 새삼스럽게 그래. 다 아는 걸 가지고."

내가 대꾸한다.

"다 아는 데서 새삼스러운 의미를 찾는 것, 미덕에 무심해지지 않는 것. 바로 그게 내 행복론이야."

우리는 행운을 통제할 수 없지만 작은 요령은

부릴 수 있다. 이를테면, 다 아는 데서 새삼스러운 기쁨을 추출하고, 작고 사소한 즐거움에 무뎌지지 않는 능력을 키우는 기술, 우리에게 허락된 작은 기쁨과 행운을 발견해서 어쩔 수 없는 작고 큰 불행에 물 타기 하는 전략이 그것이다.

행복한 거래

단비와 알렉스를 만나러 집을 나선다. 거리의 어수선한 소음에서 멀어져 느릿하게 걷다가 거리 풍경을 물끄러미 바라본다.

'그러니까 이게 인생이란 말이지.'

시간에 실려 움직여가는 여행, 이제 기차역에서 내려 다른 기차로 갈아타야 하는 시간이다. 메트로 계단을 내려가면서, 의식의 나이가 육체의 나이를 지켜보는 것을 느낀다. 의식은 육체의 시간과 구별되는 시간을 산다.

메트로에 앉아, 10년 전 일기를 찾는다. 현비가 피아노 특기생으로 예술중학교에 들어갔던 해다.

성장하고 독립하는 건 아이들만이 아니다.
사랑으로 살찌워진 내 영혼도 독립한다.

음악원에서 클라리넷 수업을 마친 현비를 데리고 나오는 길이다. 봄빛이 찰랑거리지만, 여전히 기온은 서늘하다. 말없이 골목을 걷다가, 정원이 보이는 집 앞을 지나치면서 현비가 말했다.

"저런 정원이 딸린 집에서 살고 싶어."

현비가 내 손을 잡는다.

"엄마. 나도 저런 정원이 딸린 집에서 살 수 있을까?"

현비의 갈망이 마음에 와 닿는다.

내가 묻는다.

"너는 만약에 엄마가 바깥에서 일을 해서 돈을

많이 벌어 이런 정원 딸린 집에 살았다면 좋았을 것 같니? 이 말은 너와 보내는 시간이 훨씬 줄었을 거란 이야기야."

현비가 조금 생각하더니 이렇게 말한다.

"그건 말이지…… 좋았을 수도, 그렇지 않을 수도 있다고 말할 수 있어."

나는 당연히 '난 엄마랑 많은 시간을 보낸 것이 좋았어'라는 말을 기대했기 때문에 조금 놀란다.

"만약 엄마가 내 옆에 없었다면, 난 훨씬 독립적인 사람이 됐을 거야. 난 항상 엄마 이거 해줘 저거 해줘, 하고 부탁하고 있잖아."

아득해지는 정신을 가다듬고 묻는다.

"엄마가 옆에 없었더라면 더 독립적이었을 거라고?"

"응."

현비가 덤덤하게 대답했다.

나도 애써 덤덤하게 되묻는다.

"단비도 늘 엄마가 옆에서 챙겨줬지만, 단비가 독립적이지 않다고 말할 수는 없잖아."

"단비는 어려서부터 나보다 '접착력'이 강하지

않았잖아."

현비가 가르치는 듯한 말투로 말한다.

아마 인생은 내가 이해하는 것보다 분명 훨씬 많은 의미를 담고 있는 모양이다. 현비의 돌발적인 대답에 나는 묘한 기분이 되어 골목을 빠져나온다.

골목 끝을 빠져나오자 생각이 한 가닥 스친다.

'사랑이 영혼을 치유하는 힘을 네가 알까…….'

점심식사를 차리면서 알렉스가 묻는다.

"이번 현비 연구 주제는 뭐지?"

"솔직히 말하자면, 내가 이해할 수 있는 수준을 넘었기 때문에 기억하려고 노력하지 않아. 게다가 연수를 시작한 월요일 저녁 식탁에서 현비가 우리에게 경고했어. '이제부터는 얘야, 오늘 하루는 어땠니? 이런 질문하기 없기야!' 그래서 우리는 현비가 어떻게 지내는지 질문할 수 있는 자격까지 박탈당하고 말았어."

"그럼, 일주일에 한 번 정도는 어떨까?"

알렉스가 웃으며 말했다.

"그렇게 한번 협상해보는 것도 좋겠다."

내가 덧붙인다.

"그런데 나는 이제 현비가 독립했으면 좋겠다는 생각도 들어."

단비가 갑자기 충격적인 뉴스라도 들은 듯 소리쳤다.

"나는 엄마가 이런 말을 하는 날이 올 줄은 상상도 못 했어."

단비의 목소리에 어떤 기특함이 묻어난다.

"나도 몰랐어. 네가 독립할 때 상상했어. 아마 현비가 독립할 때는 둔기로 머리를 얻어맞는 기분일 거라고. 그런데…… 성인이 되면 각자 자기 인생을 사는 것이 맞는 거 같아."

"그러니까 이제 더 이상 같은 존재가 아니라는 의미지."

알렉스가 혼잣말처럼 중얼거린다.

"맞아. 바로 그거야."

살아봐야 아는 것들이 있다. 성장하고 독립하는 건 아이들만이 아니다. 우리도 더 이상 같은 존재가 아니다. 사랑으로 살찌워진 내 영혼도 독립한다. 줄 수 있는 것을 아낌없이 주었고, 받을 수 있는 것을 충분히 받는 행복하고 공정한 거래였다. 나를 애착의 습관에 붙들어놓지 않을 것이다.

저녁에 집에 돌아와 보니 현비는 브르타뉴 연구소에 있는 로라에게 가려고 여행가방을 꾸려놓았다. 가방 옆으로 로라에게 주려고 포장해놓은 말린 꽃이 보인다.

현비가 어렸을 적 친구 집에 놀러 가고 혼자 꽃집에 갈 때 항상 마음 한편이 허전했다. 꽃을 사러 갈 때마다 녀석이 동행해줬기 때문이다. '방안퉁수' 녀석에게 꽃을 사러 가자 하면 좋아라 따라나서곤 했다. 마음 들뜬 아이와 꽃 사러 가는 길이 행복했다. 내 세계를 달콤하게 만들어주었던 아이, 그 아이는 이제 오랜만에 로라를 볼 때면 꽃을 준다. 나는 먼 길 떠나는 마른 꽃이 부스러질까 봐 포장을 만들어 조심스럽게 덧씌워준다.

나를
닮은 이와 떠나는
여행

내가 기분 좋은 여행이라고 하는 건,
기억을 저장하는 습관 덕분인지도 모른다.

일주일 남은 휴가를 같이 보내자는 단비의 제안을 나는 1초의 주저함 없이 받는다. 5월 마지막 주, 우린 남이탈리아 장화 뒤축인 푸리아 지방으로 내려간다.

이탈리아 악센트가 강한 프랑스어로 숙소 여주인이 묻는다.

"언니세요?"

"아뇨. 엄만데요."

"아. 그래요. 모녀가 여행하는 경우는 드물거든요."

국도를 달린다. 로마제국의 영광은 유적지에나

남아 있을 뿐 도로는 말 그대로 너덜너덜하다. 통행료도 물론 받지 않는다. 차는 덜컹거리지만 단비가 운전하는 차에 타는 것이 무사고 운전 경력 40년 올비가 운전하는 차보다 편안하다.

"엄마, 음악 틀어줘."

핸드폰에서 산타나의 〈슈퍼 내추럴〉을 고른다.

단비는 마음에 쏙 든 듯 말했다.

"아. 기분 좋다."

'기분 좋다'는 말만큼 감염력 강한 문장이 있을까?

단비와 나는 음악 취향, 여행 스타일, 결정 속도, 인생에서 가치를 두는 품목들까지 비슷하다. 여행 정보 찾느라 골몰하지 않고 사람 많은 곳은 아무리 유명해도 얼씬대지 않는다. 국도를 달리며 생각한다. 마음의 매듭 없는 편안한 여행이 얼마 만인가?

오트란토라는 마을에 간다. 5월인데도 날이 더워서 목을 축이려고 골목에 있는 와인바에 들어간다. 2층 테라스 정원에서 에메랄드빛 지중해가 보인다. 바텐더는 커다란 잔에 화이트와인을 가득 따라준다. 에디 히긴스의 피아노 재즈가 잔잔하게 깔리는 정원 테라스에서 기분이 그윽해진다.

잔에 김이 서릴 정도로 차가운 화이트와인에 로즈마리와 소금을 뿌려 구운 포카차의 담백한 맛이 썩 잘 어울린다. 정원 테라스에는 정성스럽게 가꾸어진 꽃나무들이, 그리고 내 앞에는 잘 자란 단비가 앉아 있다.

단비가 신기한 듯 혼잣말처럼 중얼거린다.

“엄마는 나랑 너무 비슷해.”

‘만약 너라면 너 같은 존재와 결혼하고 싶니?’라는 말을 자신도 타인처럼 지옥이 될 수 있다는 의미로 해석했다. 하지만, 단비는 나의 잠재적 가능성이 긍정으로 실현된 어떤 증거 같다. 그런 이유로 내 자신에 대해서 불확실하거나 모호한 태도에서 조금 자신감을 가질 수도 있는 기분이 든다. 잔을 부딪친다.

“어머니날이니까 근사한 식당에서 저녁 먹자. 내가 살게.”

알베로벨로에 간다. 마을 어귀가 시작하는 언덕 중턱에 주차한다. 마을로 가기 위해 그늘을 찾아 걷다가 마을 특유의 원형지붕 메종을 발견하고 대문 안쪽을 슬쩍 들여다본다. 아담한 정원 안쪽 의자에 앉아 체리를 바구니에 담는 노인과 시선이 마주친다. 싱싱한 체리를 보는 순간 조금 전 시장에서 체리를 사려다 말았던 기억이 스친다.

다시 가던 길을 재촉하는데 뒤에서 노인이 우릴 부른다. 단비에게 말한다.

"너 아니? 저 할아버지가 우리에게 체리를 줄 거야."

그의 손짓에 따라 정원으로 들어가자마자 노인은 내 양손 가득, 그리고 단비 양손 가득 체리를 담아준다.

어쩔 줄 몰라 하는 우리에게 노인이 묻는다.

"집을 보여줄까요?"

그는 현관문을 열고 그 마을 집들의 특징인 '트룰리'라는 뾰쪽한 지붕 안쪽의 천장을 보여주면서 중세의 독특한 건축 양식이라고 했다. 여행자들에게 안뜰을 열어 정원의 체리를 건네준 노인의 인상은 편안하다. 이탈리아어만 알아들었다면 저녁이라도 대접받을 분위기다. 고맙다는 인사를 남기고 단비와 나는 언덕길을 오른다.

"어떻게 이런 일이 있을 수 있지?"

단비는 손 안에 있는 체리를 보면서 여전히 믿어지지 않는다는 표정이다. 체리를 입에 넣는다. 조금 전 시장에서 사려고 했던 체리보다 훨씬 크고 싱싱하다.

"너 아니? 사람들은 부탁하는 것만 해주라고 말해. 먼저 해줄 필요가 없다고. 한국말로 그렇지 않은 사람을 가리켜 '오지랖'이라고 해. 그런데 살면서 기분 좋은 사건은 말이지. 대부분 누군가의 오지랖 넘치는 행동 덕분이야."

단비가 묻는다.

"근데 엄마는 어떻게 알았어? 저 할아버지가 체리를 줄 거라는 걸?"

내가 체리 씨를 멀리 뱉으며 대꾸한다.

"그런 걸 감각적 간파력이라고 하지. 경험의 데이터가 쌓일수록 간파력이 고도해져."

맞다. 내 눈빛에서 체리의 욕망을 읽은 노인의 간파력이 한 수 위였다. 나에게 여행은 아름다운 풍경에 대한 찬사보다, 펼쳐진 시간 여행에서 의미 있는 순간을 낚는 낚시꾼의 즐거움에 가깝다.

우리는 바닷가를 걷다가 해변에 누워 일몰을 기다린다.

"내가 스물다섯엔 말이야. 이런 저녁 색깔이 되면 기분이 들떴어. 여행 떠나기 전에 트래블 피버라는 거 있지? 지금 생각해보면 인생이라는 여행을 떠나기 전에 들뜬 기분이었을 거야. 내 인생은 어쩌면 기분 좋은 여행이었던 것 같아."

"엄마는 운이 좋은 줄 알아."

"내가 기분 좋은 여행이라고 하는 건, 기억을 저장하는 습관 덕분인지도 몰라. 나는 보통 기분 좋은 순간을 저장하는 편이야."

춥지도 덥지도 않은 바닷가에 우리 둘뿐이다. 나를 닮은 타인과 보내는 휴가, 타인을 챙기는 습성에서 해방되어 완전히 나로 돌아온 편안함을 느낀다.

스물다섯이 된 단비와의 여행, 이젠 들뜨지 않아도 좋은 것들이 있다.

사랑이라는
습관

제대로 된 사랑을 주지 못하는 어리석음은

어찌 보면 불운이다.

올비와 미셸은 30여 년 전 요르단 그룹 여행에서 만났다. 25년 동안 가족 여행을 다니다 아이들이 성인이 되자 두 사람은 다시 같이 그룹 여행을 떠난다. 코스타리카 여행에 이어 베트남 여행이 두 번째다.

지난주에 오페라를 관람하고 나오면서 "베트남 호텔에서는 아침은 주나?" 하고 물었더니 올비는 얼토당토않은 질문을 한다며 "당연히 그룹 여행인데 먹여주고 재워주는 거지" 야단치듯 말한다. 그런 여행을 해본 적이 없으니 모르는 게 당연한 거라고 반박했지만 사실 그건 관심의 문제이긴 했다. 하지만 세상의 온갖 진기한 풍경을 보여준다 해도 좀 촘촘한 스케줄에 맞춰, 새벽부터 가이드 깃발을 따라다니며 돌아다니는 관광만큼은 기꺼이 포기할 수 있다.

저녁 무렵, 연구소에서 퇴근한 현비와 맥주를 한 병 나눠 마신다. 현비 표정은 주말이 아닌데도 기분이 좋아 보인다. 아페리티프 마실 때 합류도 하지 않으면서 왕따 당한 듯 눈치 주는 아빠가 집에 없기 때문일까? 현비와 나는 말을 하지 않아도 이런 홀가분함을 조금씩 즐기고 있다. 그래서 때때로 습관이 차지한 자리를 상대에게 비워주는 시간이 필요하다.

현비가 괴로운 출근길 고통을 토로한다.

"RER 기차에서 나와 연구소까지 가는 버스를 기다리는데 사람들이 어찌나 많았는지 버스 정류장뿐 아니라 보도에 서 있을 수조차 없었어. 그 많은 사람들이 버스 세 대로 갈 때까지 추운 데서 40분을 기다렸어."

어렸을 적에 수영을 배울 때 발차기로 밀치는 애들을 앞으로 보내고 현비는 맨 뒤에서 수영하곤 했다. '저 아이 인생에도 버스에 먼저 올라타려고 옆 사람을 밀치는 일이 있을까?' 생각한다.

내가 묻는다.

"연구소에 늦게 도착해도 괜찮니?"

"출퇴근 시간은 내가 조절할 수 있어. 파업 때문에 월요일에 재택근무를 하니까 좋긴 좋더라."

"그래서 하는 말인데 주말마다 세 시간씩 기차 타고 로라한테 내려가지 말고 한 달에 한 번은 집에서 쉬는 게 어때?"

내가 묻는다.

"거기서도 쉬는데 여기서 쉬는 거랑 뭐가 달라. 출퇴근이 힘든 거지."

지나치게 방어적인 말투에 내가 한 마디씩 천천히 잘라 말한다.

"그건 있지. 너를 걱정하니까 할 수 있는 말이야. 나머지는 네가 알아서 할 문제고."

둘을 위해 차린 저녁 식탁이 푸짐하다.

"네가 있으니, 저녁을 이렇게 만들지. 만약 혼자였다면 분명 대충 때우고 말았을 거야."

"엄만 주말에 내가 안 내려갔으면 하는 거지? 그런 거지?"

아마 녀석은 내가 혼자 있는 것이 신경 쓰였던 것 같다.

"너는 나를 잘못 알고 있구나. 나는 그런 종류의 엄마가 아니야."

아들이 여자친구랑 콘서트 간다고 자랑하는 걸 듣고 질투가 나서 그 여자친구랑 헤어지고 자기랑 가길 바랐다고 하는 엄마도 있다지만. 불면증으로 뒤척이다 겨우 잠이 들었는데 새벽에 일어나 도시락 싸주는 게 힘들지.

아침 7시 알람을 맞추고 누웠는데 새벽 3시까지 잠이 오지 않아 일어나 부엌으로 간다. 달그락 소리 내지 않으려고 조심스럽게 도시락을 싼다. 어디선가 본 통계에 의하면 엄마들은 자식한테 평생 2만 끼니를 해준다고 한다. 아마 내가 싼 도시락을 넣으면 천 끼니 정도는 더해질 것 같다.

문득 어떤 존재를 떠올린다. 어른으로 성장하지 못한 존재도 결혼하고 자식을 낳는다. 관심과 애착이 온통 자신에 머물러 있는 이들은 자식에 대한 책임과 사랑조차 자기애를 벗어나지 못한다. 그들은 알까? 보시처럼 사랑의 습관이 덧없는 삶에 다리를 놓아주는 것을.

금요일 저녁 드디어 나는 혼자가 된다. 운동 클럽에서 돌아오는데 현비 문자가 도착한다.

[혼자 있어도 잘 챙겨 먹어. 파리 돌아가는 기차표 바꿨어. 일요일 저녁 같이 먹자.]

어떤 메시지에는 따뜻한 온도가 있다. 나를 둘러싼 공기에 부드러운 입자가 느껴진다.

사랑하는 능력도 선물이다. 온전하게 사랑을 주지 못하는 어리석음은 어찌 보면 불운이다.

부모와 아파트

친구가 말한다.

"울 엄마 잔소리 땜에 미국 사는 올케는 전화도 안 받고 그러나 봐. 갠 정말 시어머니 트라우마가 생겼어. 안됐어."

억압적인 어머니로부터 독립하기 위해 결혼이라는 가장 명예로운 방법을 선택했던 친구의 말투에서 올케를 공감하는 듯한 뉘앙스가 풍긴다.

내가 말한다.

"근데 너희 부모님은 1년에 동생과 올케한테 손주 학비로 엄청난 돈을 부쳐준다며? 올케한테 시어머니 참견 받기 싫으면 돈도 받지 말라고 해. 세상에

나가서 그 돈 번다고 생각해봐. 아마 상사 눈치 열배도 더 봐야 할걸."

생각난 김에 덧붙인다.

"부모가 대주는 결혼 비용, 시부모님이 장만해주는 아파트 챙기면서 정신적 자유까지 누릴 수 있는 데 있으면 나한테도 좀 알려줘 봐."

아이들이 자립하는 시기에 경제적으로 도움을 주고 싶다는 생각을 한 적이 있다. 오래전이다. 혼자 힘으로 유학을 나왔고, 독립했기 때문에 젊은 시절 경험했던 팍팍함을 조금이나마 덜어주고 싶었다. 생각해보면 같은 해 결혼했던 남동생은 부모님

도움으로 강남에 전세 아파트를 마련해 시작했지만 그게 불공평하다고 느낀 적은 없었다.

몇 년 뒤, 어머니는 가지고 있는 자산을 아들에게 털어 넣고 경제적 도움이 필요한 노년을 시작하고 만다. 어머니가 친아들처럼 키운 사촌오빠도 마찬가지다. 아들이 끌어들인 선물투자에 모든 재산을 날리고, 빚더미 신세가 된 사촌오빠가 핼쑥해진 얼굴로 말했다.

"이놈은 분명 내가 악연으로 만난 것 같아. 하지만 말이다. 내가 돈이 좀 있다면 이놈에게 결국 또 돈을 주게 될 것 같아서 가능하면 안 보고 사는 편을 택했다."

도움 주는 습관과 의존하는 습관은 한쌍으로 자란다. 본인이 스스로 산소호흡기를 착용해야 하는 규칙은 비행기 추락할 때만 해당되는 게 아니다. 물귀신처럼 같이 물에 빠져죽는 형국이지만 피가 물보다 진하다고 생각하는 혈연주의는 한국 부모의 유전자에 코딩이 된 것 같다.

최근 단비가 아파트를 분양받으면서 나에게 약간의 돈을 빌렸다. 자랑스러운 독립인데, 보태줄까 생각하다 마음을 고쳐먹는다. 자립할 수 있는 능력을 주었다면 부모로서 과업은 완성한 셈이다. 타인의 도움 없이 살 수 있는 능력을 갖추는 것이 결국 모두에게 도움이 된다는 것을 인생에서 배웠다. 부채 의식 없는 관계가 무릇 신성하다는 것도 말이다.

즐거움을 나누려는 욕망

요리하는 시간이 행복하면,
그걸 먹는 사람도 행복하다.

현비와 로라가 부르타뉴 연구소에서 돌아온다. 현비는 내 뺨에 길게 비주를 하면서 '음~' 하고 소리를 낸다. 이 짧은 의성어에 '사랑한다', '좋다', '반갑다'는 몸의 언어와 감촉이 느껴진다. 세상의 어떤 인사 중 이렇게 존재와의 만남이 행운이라는 기분을 느끼게 해주는 인사가 있을까?

올비는 차갑게 저장해둔 샴페인 뚜껑을 딴다. 올비가 환영하는 방식이다. 그는 저녁식사를 위해 바나나 타르트도 만들었다. 나는 사람들이 좋아하는 디저트를 만들고, 올비는 특별히 자기가 좋아하는 디저트를 만든다.

현비가 샴페인을 마시면서 말한다.

"엄마가 알렉스에게 보낸 저녁 먹으러 오라는 메시지에 브뤼셀 출장 간 단비가 먹으러 오겠다고 대꾸해서 웃음이 나왔어."

내가 말한다.

"나는 단비가 온다는 말이 농담인지 아닌지 분간할 수가 없었어."

"엄마가 당황하는 걸 알았지."

현비가 말한다.

"넌 그걸 어떻게 알았니?"

현비가 느릿하게 말한다.

"나는 엄마를 잘 알지. 항상."

이렇게 의미심장한 말투에 사랑스러운 뜻이 담길 수도 있나 보다. 나의 쓸데없는 진지함과 우스꽝스러움까지 잘 아는 존재.

로라가 웃는다. 그런 두 사람을 잘 알고 있다고 말하는 눈빛이다.

현비가 식탁에 앉으며 말한다.

"엄마가 저녁 메뉴를 메시지로 보내준 이후 오직 그걸 먹고 싶은 생각 말고 다른 생각을 할 수 없었어."

나를 위해서 음식을 만들거나 혼자 챙겨 먹는 일이 고통스럽다. 그래서 때로는 식사를 잘하기 위한 숨겨진 본능이 결혼을 선택하게 만든 게 아닌가 하는 생각을 한다. 타인을 위해 요리하는 건 즐거움을 나누려는 욕망이다. 너그러움이다. 요리할 때 행복하면, 먹는 사람도 행복하다.

로라에게 냉보리차를 따라주면서 한국어를 설명한다.

"냉보리차라고 해. 냉은 차갑다는 뜻이야."

"냉면처럼?"

"넌 하나를 가르치면 열을 아는구나."

로라는 한국어에 열심이다. 저녁을 먹으면서 로라에게 한국어 단어 뜻을 가르쳐준다. 별, 목재, 장면…….

로라는 맛난 식탁을 차려준 것에 감사해하듯 나지막하게 말한다.

"멋진 존재를 만들어줘서 고마워."

꿈을 꾼다. 밤하늘에 별이 가득하다. 현비가 옆에 있다. 우리는 아무 말 없이 밤하늘에서 별똥별이 떨어지는 걸 기다린다. 별이 반짝이면서 하늘에서 실로폰 소리가 들린다. 수많은 별들 사이에서 혜성 꼬리가 지는 것을 몇 번이고 지켜본다.

황홀한 꿈이다.

비극의 서사는 자신을 맡아주거나 책임져줄 타인을 기대하는 것이다. 자신은 벗어던져야 할 무거운 짐가방이 아니다. 타인이란 구원이 아닌 위로일 뿐, '자신'을 위탁할 곳은 세상에서 오로지 자신뿐이다.

온전히
자기 자신과
만나는 일

03

느긋함이라는 현명함

구인 대행업체를 운영하는 나의 오랜 친구 로즈, 그녀는 항상 바쁘다. 주말은 일하는 주중보다 더 바쁘다. 토요일 저녁은 손님 초대, 일요일은 남편과 골프 치러 가는데 골프 치러 가기 싫은 날은 지구환경을 위한 모임에 강연을 들으러 간다.

그런 그녀가 작년 남불 항구에 별장을 하나 구했는데, 휴식 공간이 아니라 골칫덩이다. 베란다에 물이 새서 창문을 바꾸고, 공사를 해야 하기 때문에 엄청난 돈이 들어간단다. 전 주인과 소송 준비 중이라 어떤 주말은 여섯 시간이 걸리는 거리를 왕복해야 한다. 부모님과 아이들, 때로는 조카들도 챙겨야

집중한다는 건,

현재의 순간을 자기 것으로 만드는 습관이다.

한다. 로즈는 해야 할 일들 때문에 새벽에 눈이 저절로 떠지기 때문에 늘 잠이 부족하다고 말한다. 근사한 메종에 살고, 남들이 꿈꾸는 멋진 여행지로 여행을 떠나는 그녀 인생은 부족한 게 없어 보인다. 그런데 항상 어딘가를 향해 뛰고 있고, 도착하기가 무섭게 또 다른 곳으로 달린다.

식사하는 로즈를 가만히 본다. 로즈 이마는 항상 핏줄이 두드러져 보인다. 그녀는 음식을 품평하는 적이 거의 없고 골똘한 생각을 하면서 기계적으로 음식을 삼킨다. 로즈 집에 초대 받으면 정성스럽고 풍성한 식탁에 부족한 것이 딱 하나 있다. 바로

'맛'이다. 어떤 날은 삶은 바닷가재인 줄 알고 날것을 접시에 올려놓기도 한다.

내가 안부 문자를 보낸다.

[지금도 뛰고 있니?]

로즈의 답장은 몇 주가 걸릴 때도 있다. 그녀는 나와 통화하면서도 핸드폰을 들고 집안을 서성댄다. 로즈는 바쁜 자기 스케줄을 미안해하며, 시간을 쪼개서라도 만나자고 한다. 나는 한가할 때 만나자고 미룬다.

업무 약속이 아니라면 스케줄에 밀려서 친구 만나는 건 원하지 않는다. 만두를 좋아하지만 냉동만두를 사 먹지 않는다. 파이를 만들 때 슈퍼마켓에서 파는 생지를 사용하지 않는 것과 비슷하다.

나는 시간을 쪼개는 것보다 시간을 보태는 것이 좋다. 친구와 시간을 보낼 때는 느긋하게 대화에 집중하고, 좋아하는 요리를 할 때는 색깔과 냄새, 요리하는 시간에 집중한다. 맛은 거기서 나온다. 인생도 비슷하다. 집중한다는 건, 현재의 순간을 자기 것으로 만드는 습관이다.

노르망디에서 현비랑 산책을 나간다. 바닷가 근처 크레이프 레스토랑에 들어간다. 테라스 옆 테이블에 팔십이 넘어 보이는 노파가 담배를 피우고 있다. 고상한 옷차림을 한 노인이 옆에 앉은 노파에게 담뱃불을 붙여준다. 노파의 움직임이 우아하다. 느긋하게 즐기는 모습이다.

느긋함은 현명함이다. 바쁨에서 멈춰 서서 나에게 필요한 것이 무엇인지 느끼고, 주위에 일어나는 아름다움을 깨닫는 것이다. 내면의 눈으로 세상을 바라보는 것이다.

가끔 잘사는 것이 무엇인지 조금 알 수 있을 것 같은 기분이 든다. 이를테면, 아이의 긴 손가락을 내 손가락에 깍지 끼고 바닷가를 산책하는 것, 발밑으로 부드러운 모래 감촉을 느끼며 바닷바람에 섞인 행복의 입자를 천천히 들이마시는 것.

에펠탑과 고사리

우리는 우리 삶의 용도를 모르기 때문에 다른 조건을 찾고,
우리 내면이 어떻게 생겼는지 모르기 때문에
자신에게서 벗어난다.

오래전 함께 일했던 동료 K와 서울 한 음식점에서 식사한다. 그는 메뉴판을 들고 고민을 하다가 주문받으러 온 종업원에게 묻는다.

"이 집에서 뭐가 제일 맛있어요?"

20대 후반 정도로 보이는 종업원은 갑자기 예상치 못한 손님의 질문에 난처한 기색이다.

K는 질문을 바꾼다.

"그러면 여기서 본인이 제일 맛있다고 생각하는 음식이 뭐예요?"

그녀는 흐물흐물한 말투로 말한다.

"다 맛있어요."

그가 바람 빠지는 풍선처럼 실망한다.

자기가 뭘 좋아하는지 알려면 우선 '자기'에게 관심이 있어야 한다. 하지만 사람들은 '자기'보다 '다른 사람들'이 좋아하는 것에 훨씬 관심이 많은 것 같다. 몽테뉴가 말했듯, 우리는 우리 삶의 용도를 모르기 때문에 다른 조건을 찾고, 우리 내면이 어떻게 생겼는지 모르기 때문에 자신에게서 벗어난다.

한국 백화점에 가서 물건을 고를 때마다 나는 간절하게 바란다. "요즘 제일 잘나가는 모델이에요" 하는 점원의 멘트를 피해가길…….

오래전부터 어머니가 가고 싶어 하는 여행지는 스위스다. 왜 스위스냐고 물으면 "아니. 거기가 그렇게 멋있다더라" 하고 대답하신다. 어머니는 스위스의 수도가 어딘지도 모르고, 알프스나 호수 이미지를 본 적도 없을 것이다. 어머니의 스위스는 남들에게 빌려온 욕망이다.

어머니는 프랑스에 다섯 번이나 다녀갔지만, 특별한 감흥 없이 할 일을 완수한 말투로 "난 뭐 에펠탑도 봤고, 개선문도 봤다"라고 말한다. 나도 30년 전 에펠탑을 처음 봤을 때의 느낌 같은 건 전혀 기억에 없다. 하지만 여행에서 돌아오는 길 파리 a6 고속도로에서 멀리 반짝거리는 에펠탑을 볼 때, 우연히 센 강 다리를 건너다가, 에펠탑이 슬쩍 시야에 유난히 아름답게 들어오는 저녁이 있다.

여행에서의 감동은 우리의 시각에 달려 있다. 어머니는 20여 년 전, 부르고뉴 시골집에서 산책하러 나갔다 벌판에서 자라나는 고사리를 발견하고는 기쁨의 탄성을 질렀다. 바로 며칠 전 방돔 거리에서 하늘색 고급 핸드백을 선물 받았을 때보다 더 큰 희열이었다.

어머니는 흥분에 휩싸여 정신없이 고사리를 따고, 그걸 쪄서 말렸다. 어머니를 말릴 수 있는 사람은 아무도 없었다. 시부모님과 이웃 리샤드는 벌판에서 자라는 잡초가 한 존재를 그렇게 행복하게 할 수 있다는 사실에 큰 인상을 받았다.

어머니는 부르고뉴 봄 햇살에 바싹 마른 고사리를 여행 가방에 채워 한국으로 돌아갔다. 재래시장에서 오천 원만 주면 살 수 있는 고사리를. 어머니는 프랑스에 대한 추억을 이야기할 때면, 벌판에 두고 온 남은 고사리들을 떠올린다. 부르고뉴 벌판 고사리는 에펠탑이나 개선문보다 어머니에게 훨씬 큰 의미를 가지게 되었다.

살면서 뛸 듯이 좋은 순간이 얼마나 될까? 여행에서 남는 건 그 장소와 자신과의 특별한 감정이다. 부르고뉴 고사리가 됐든 노르망디 고등어가 됐든, 자기가 수확하고 낚은 즐거움이 오래 기억에 남는다. 인생도 그렇다.

어머니도 부르고뉴 시골에 특별한 인상을 남겼다. 시골집 이웃, 리샤드는 고사리가 피어나는 5월이 되면 어머니가 느낄 감동을 대신 상상하곤 한다.

"아…… 너희 어머니가 그렇게 좋아하는 고사리가 벌판에 가득하다."

덤으로 얻은
선물

산다는 건, 돌이킬 수 없는 과거도 불투명한 내일도 아닌
지금, 이 순간을 사는 것이다.

"정말 놀라운 게 뭔지 아니? 변화의 속도야. 2년 전까지만 해도 나는 거의 모든 걸 할 수 있었어. 이토록 빨리 변한다는 걸 믿을 수 없어."

시아버지는 더 이상 운전하지 않는 차를 처분해야 한다는 사실 앞에서 망연자실한 표정이다.

슬프지만 우리는 시간에 조금씩 먹혀들어 가고 있다는 진실을 받아들일 수밖에 없다. 어쩌면 인생이라는 지뢰밭에서 여기까지 올 수 있는 것만도 다행이라 생각할 수 있다.

내가 위로한다.

"운동경기도 봐. 체급이 올라갈수록 힘들어져. 백 살로 향하는 길목도 점점 좁아지는 거겠지. 그래도 지금 할 수 있는 것에 집중하는 게 어때?"

"내가 할 수 있는 거라곤 고작 산책과 장보는 것밖에 더 있니?"

그가 음울하게 대답한다.

췌장암 수술을 받은 후 그의 시간은 덤으로 얻은 선물이다. 받은 선물이 고작 이것뿐이라고 불평할 수는 없다. 가까운 미래에는 산책과 장보는 것조차 할 수 없는 것을 후회할지 모른다.

어머니는 17년 전 혈액암을 진단받고, 85세가 되었다. 어머니는 덤으로 얻은 인생도 이만하면 충분하다고 생각한다.

내가 위안할 말을 찾는다.

"친구 어머니는 신경이 점점 마비되는 병에 걸려서 다른 사람의 도움 없이는 아무것도 할 수 없어. 종일 침대에 누워서 지내. 한번은 남편이 그녀를 화장실에 데려다 놓고 잊어버리는 바람에 화장실에서 몇 시간을 기다려야 했대."

하지만 그에게는 윙윙거리는 보청기 때문에 내 말이 들리지 않는다. 이미 그는 마음의 귀를 닫아버린 지 오래되었다.

올비가 크리스마스 케이크를 고르다가 뭘 고르냐고 전화한다. 나는 시아버지가 가족과 보내는 마지막 크리스마스가 될지도 모른다고 생각한다. 내가 할 수 있는 건 멋진 크리스마스 파티를 준비하는 일이다.

"제일 좋은 걸로 사."

호라티우스는 이렇게 말했다.

"하루하루가 너를 비추는 마지막 날이라고 상상하라. 그러면 네가 기대하지 않았던 시간을 감사히 받으리라."

우리에게 허용된 건 크든 작든 결국 삶이다. 산다는 건, 돌이킬 수 없는 과거도, 불투명한 내일도 아닌 지금, 이 순간을 사는 것이다.

집으로 돌아가는 길에 차가 밀리는지 10분 거리가 내비에 23분으로 표시된다. 여섯 곡 정도 들을 수 있는 시간이다. 〈돈 렛 미 다운〉을 고른다. 비틀스는 언제 들어도 좋지만, 이 곡은 차 안에서 혼자 들을 때 특히 좋다. 볼륨을 크게 올리고, 존 레논과 같이 목청을 높인다.

아임 인 러브 포 더 퍼스트 타임…
돈 렛 미 다운~
돈 렛 미 다운.

와인 같은 여자,
소시송 같은 남자

인간의 욕구가 불확실하고 우유부단하다고 하지만 저녁 6시 반에서 7시, 와인이나 맥주를 딱 한 잔 마시고픈 것만큼 나에게 확실한 욕구는 없다. 저녁 하늘이 보이는 부엌 창가에서 차가운 화이트와인을 한 모금 삼키면 하루가 그윽하게 완성되는 기분이 든다.

'뭐. 이렇게 기분 좋은 하루하루가 쌓여 기분 좋은 인생이 되는 것 아니겠는가?'

맞다. 이렇게 알코올중독이 되는 것이다. 고백하자면 나는 아페리티프 중독이다. 아페리티프에 있어서 가장 완벽한 조합은 화이트와인과 짭조름하

뭐. 이렇게 기분 좋은 하루하루가 쌓여
기분 좋은 인생이 되는 것 아니겠는가?

고 쫄깃한 소시송이다. 둘 중 하나만 빠져도 허전하다. 아페리티프로 마시는 화이트와인이라면 소박한 샤르도네 정도만 되어도 훌륭하다.

어떤 날은 그 유혹에 굴복하기도 하고, 어떤 날은 올비가 혹시 한 잔 마시자고 하지 않을까 슬슬 눈치를 보기도 하는데 불행인지 다행인지, 올비는 아페리티프가 아니라 식사 중에 마시는 와인 반주파다. 그래서 우린 결국 서로 눈치를 주게 된다.

운동하고 돌아와 배가 좀 출출하다. 벨기에 국경을 넘어온 레페 맥주 윈터 스페셜이 냉장고에서 나를 간절하게 부르는 소리를 듣고 부엌으로 달려

간다. 저녁 준비하고 있는 올비에게 말한다.

“이 시간이 되면 한 잔 마시고 싶은 생각뿐이야. 너 알아? 네 아내는 드디어 알코올중독이 되었어.”

올비가 말한다.

“마시고 싶다는 생각과 싸워야 해.”

“미셸 투르니에는 『외면 일기』에서 세 가지 질문에 대답했어.”

1. 나는 금주할 능력이 있는가? 있다.
2. 금주를 하기가 힘든가? 그렇다.
3. 금주를 해서 얻은 이득이 무엇인가? 없다.

올비는 나에게 주먹을 쥐어 보이며 미간에 힘주고 말한다.

“그래도 마시고 싶다는 생각과 싸워야 해.”

“근데 말이지. 내가 오늘, 이 한 잔을 안 마시고 잠자다가 죽으면 얼마나 후회할까?”

“아마 죽느라 후회할 틈이 없을 거야.”

“내가 아니라 이렇게 간절하게 마시고 싶은 한 잔 못 마시게 한 너 말이야. 너.”

내가 먼저 죽으면 와인 없는 소시송 신세가 될 남자는 뭐가 웃긴지 낄낄대며 웃는다.

행복한 나이

그녀의 나이를 가늠하기 어렵지만,
재즈가 마음에 불을 지피는 것을 보면
아직 행복한 나이임에 틀림없다.

파리의 유명한 재즈 클럽인 선셋선사이드 클럽에 재즈 피아니스트 토드 구스타브슨 공연을 보러 간다. 만약 화재가 나면 가장 짧은 시간에 떼죽음 당할 것 같은 좁디좁은 재즈 클럽 지하에서 연주가 시작될 때까지 통조림 속 정어리가 된 기분으로 의자에 끼어 앉은 채 기다린다.

영민한 문학청년 인상의 토드 구스타브슨의 피아노 연주가 시작된다. 내가 피아노 재즈를 좋아하는 건 가공되거나 섞인 것보다 본래적인 것을 좋아하는 취향에서 나온 것 같다.

연주를 듣는 동안 굉장한 일이 일어난다. 이 재

즈 피아니스트는 어두컴컴한 공연장 벽 모퉁이에 갇힌 나를 미지의 기차역, 낯선 도시, 멀리 펼쳐진 사막으로 데려간다. 부드럽고 아름다운 여행이다.

공연 중간, 무대 맞은편에 앉은 남자의 얼굴이 흘깃 들어온다. 동네 도서관, 음반과 영화 DVD 대여 코너에서 일하는 남자다. 평소처럼 며칠째 머리를 감지 않고 수염을 기른 얼굴이다. 그는 맨 앞줄에 앉아서 자기 얼굴을 두 손으로 가볍게 감싼 채 시선을 내리깔고 혼자 연신 웃음을 짓고 있다.

재즈는 그런 것이다.

바로 옆에 깜찍한 할머니가 앉아 있다. 어쩌면 한국에 계신 어머니와 비슷한 나이일지도 모른다. 그녀는 맨 앞줄에 앉아 드럼 소리에 맞춰 끊임없이 고개를 까닥거린다. 그녀의 나이를 가늠하기 어렵지만, 재즈가 마음에 불을 지피는 것을 보면 아직 행복한 나이임에 틀림없다. 사무엘 존스의 말대로 늙어서 마음이 둔해진다면 그것은 당사자의 잘못이다. 그것을 덜 이용하기 때문인 것이다.

문득 생각한다. 만약 운명이 아름답게 늙는 것과 아름다움을 느끼면서 늙는 것 중에 선택하라 한다면, 나는 주저하지 않고 후자를 선택하리라.

좁디좁은 재즈 클럽 구석에 앉아 마지막 앙코르곡을 듣는다. 투박한 뮤지션 손가락에서 나오는 섬세하고 절제된 선율에 나도 모르게 숨을 죽인다.

문득, 이렇게 늙고 있다는 것이 행복하다.

맞다. 재즈는 원래 그런 것이다.

바이러스처럼 몸에 침투해 즐거움으로 몸 안에서 공생하는 것.

롤링스톤스
티켓

아름다움에 대해 갖는 관심이 그것을 보는 눈을 키운다.

|\|

아주 옛날이다. 어쩌면 나에게 마음이 좀 있었을지 모르는 남자가 맛있는 저녁을 사주겠다며 나를 데리고 어딘가를 운전해서 가는 중이었다. 어디로 가는 거냐고 물을 때마다 남자는 서프라이즈라고 대꾸했다. 네 번째 같은 질문을 하려다가 잠깐 차를 세워 달라 하고 내려서 집으로 돌아왔다. 행선지 모르는 곳에 실려 가는 것도, 서프라이즈 선물도, 어영부영한 남자의 속마음도 내가 원하던 바가 아녔다.

선물은 최소한 상대의 욕망과 취향을 이해하려는 노력으로 시작해야 한다. 20년 가까이 자기 취향과 내 취향을 동일시했던 올비의 실패한 서프라이즈 선물은 이제 위시리스트를 거친다.

부모님에게 받았던 나의 유일한 결혼선물은 컴퓨터였다. 그러고 보면 나의 위시리스트는 주로 생산 도구다. 거기에 영원함이 깃든, 100년 뒤 앤티크숍에서 발견할 수 있는 수동 기계장치라면 더 좋다. 단비는 그런 나를 안다. 아침에 단비 선물인 커피 그라인더에 원두를 넣고 갈리는 소리를 들을 때마다 흡족하다. 고장 날 염려 없고, 사용할 때마다 선물한 사람을 떠올리고, 가진 것을 계속 욕망하게 만든다면 성공한 선물이다.

노르망디 여행을 갔다 우연히 다락방 비우기 장터에서 중고 LP판을 구경한다. 책을 사랑하면 책의 물성을 사랑할 수밖에 없듯 음악도 그렇다. CD와는 다르게 좋아하는 LP 앨범을 손에 쥐면, 마치 그 음악을 소유하는 기분이 든다.

70대쯤으로 보이는 주인은 앞니가 몽땅 빠졌는데 올드록에 대한 기억력만큼은 놀라울 만치 건재하다. 주인과 70년대 영국 록이 얼마나 대단했는지 이야기를 주고받는데, 옆에서 판을 고르는 청년이 주인에게 묻는다.

"혹시 롤링스톤스 할배가 파리에 공연하러 온다는 거 알아요?"

주인은 어떻게 알았냐는 듯 자기도 그 콘서트에 간다고 대꾸한다.

청년이 호기심에 가득 찬 시선으로 묻는다.

"얼마짜리 티켓을 구했죠?"

"360유로짜리……. 그리고 그건 손주들의 선물이야."

그가 활짝 웃는 바람에 빠진 앞니가 그대로 드러난다. 나는 그 순간 세상에서 부러울 것 없는 남자의 얼굴을 본다. 손주들이 돈을 모아 그 비싼 롤링스톤스 콘서트 티켓을 사주는 할아버지라면, 괜찮은 인생을 살았다는 생각이 든다. 레전드가 된 롤링스톤스를 보기 위해 가죽 잠바 입고 파리로 행차하는 주인 모습을 나는 잠깐 상상한다. 두고두고 기억할 수 있는 순간을 선사한다는 건 그야말로 행복한 선물이다.

올비는 가끔 나에게 사과하는 의미로 부케를 선물한다. 나는 그 사과의 뜻을 오래 기억하라고 부케를 거꾸로 말려놓기도 한다. 꽃이 마르기도 전에 같은 잘못을 반복하지 말라는 법은 없지만 말이다.

그리고 시아버지가 그랬던 것처럼 기분이 내키면 가끔 꽃다발을 사다 준다. 지난 주말 장에서 돌아오면서 튤립을 준다. 나는 이 튤립들이 이틀이 지나지 않아 시들게 될 거라는 걸 안다. 누가 고마워하기는커녕 꽃다발을 선물하는 남자에게 퇴짜를 놓을 수 있던가?

바로 나 같은 여자다.

"꽃은 고맙지만, 다음부터는 이런 튤립은 사오지 마."

"오케이!"

그 한마디에는 '고약한 여자 같으니라고 고마워할 줄도 모르고, 다음부터 꽃을 사다 주나 봐라' 하는 메시지가 담긴다. 그 메시지를 또박또박 읽는다. 아름다운 꽃으로 기쁘게 해줄 게 아니라면 싱싱한 시금치 한 단이 낫다.

시어머니는 나와 다르다. 한번은 딸 안느에게서 목걸이를 선물 받은 적이 있다. 혹시 안느가 자기 어머니한테 무슨 앙심을 품었나 하는 생각이 들 정도로 기괴한 형태의 목걸이였다. 목걸이는 그날 이후 단 한 번도 시어머니 목에 걸린 적이 없었지만, 옛날 끄적거린 아이들 그림을 선물로 받을 때처럼, 딸에게 진심으로 고마워하는 표정을 읽었다. 그건 아무나 가질 수 있는 고상함이 아니다.

올비가 사다 준 튤립은 하루가 지나자, 폭격을 맞은 듯 쓰러진다. 다른 모든 것처럼 아름다움에 대해 갖는 관심은 그것을 보는 눈을 키운다. 아름다움의 가치 중 하나는 지속성이다. 문학, 음악, 관계, 하물며 꽃도 그렇다.

종말에 대해서

N

종말이 온다고 외쳐봤자 아무 소용없다.
발버둥치는 걸 멈추면 가끔 편안한 느낌이 든다.

친구 집에서 저녁을 먹고 있는데, 올비 메시지가 도착한다.

[정전이야. 새벽 1시에 들어온대. 아마 현관문 코드 작동도 안 될 거니까 거기서 자고 와.]

[싫어. 들어갈 거야.]

[현관문이 안 열리면 어쩌려고.]

[길에서 자면 되지.]

새벽 2시, 우버를 타고 집에 들어온다.

거리에는 몇 시간 사이 눈이 잔뜩 쌓였다. 그래서 정전이 된 건가? 아파트 주변 가로등이 꺼져 어둡다. 현관 코드를 눌러보는데 작동하지 않는다. 정말 눈 내리는 거리에서 자야 하나? 슬그머니 문을 밀었더니 열린다.

'그럼 그렇지.'

아침 8시, 모두 혼비백산이다. 재택근무를 하는데 컴퓨터를 켤 수 없으니 일도 수업도 할 수 없다. 핸드폰 배터리는 15퍼센트까지 떨어졌다. 설마 했는데, 이런 일도 생긴다.

올비는 아침에 내 얼굴을 보고 물었다.

"어떻게 들어왔어?"

"상식이 지배하는 세상에서 문 열고 들어왔지. 정전된다고 문이 잠긴다면, 건물에 불이 나면 어쩌겠어?"

올비의 세상에도 상식이 존재하긴 한다. 자주 빨간 불이 들어오는 것이 문제이긴 하지만. 일단 커피부터 마시기 위해 가스버너를 찾으러 지하창고로 간다. 핸드폰을 비춰 더듬더듬 지하실에 내려갔는데 6층 이웃 치과의사가 캄캄한 창고에서 스키 장화를 찾고 있다.

'엄살이라곤…… 눈 좀 왔다고, 스키라도 타고 출근하겠단 말인가?'

치과의사는 무거운 스키 부츠를 안고 8층 계단을 걸어 올라가야 한다며 투덜거린다.

"대체 이게 무슨 재앙이라니."

버너에 끓인 물로 커피를 내리는 걸 보고 단비가 기막히다는 듯 웃는다. 커피를 마시다가 생각난 옛날이야기를 한다.

"중학교 때였는데 폭설이 왔어. 그런 눈은 난생처음이었지. 가던 버스가 멈춰, 몇 킬로미터를 걸어 간신히 학교까지 갔는데 수업이 전부 취소된 거야. 정말 세상이 딱 멈춘 느낌이 들었어. 그 해방감이란……. 그날 운동장에서 눈싸움하면서 오후 내내 뛰어놀았어. 인생을 통틀어 그렇게 축제 기분을 느낀 적은 없었던 거 같아. 폭설이 내릴 때면 난 그날이 생각난다."

단비가 대꾸한다.

"엄마. 여기는 멸망 분위기야. 종말 오면 난 먼저 죽을 거 같아. 알렉스는 끝까지 살아남아 인류를 위해 후손을 만들어야 한다는 거야. 아니 그럼, 산파도 없이 애는 누가 받아? 난 그렇게는 못 해."

엔지니어들의 종말은 제법 구체적이다. 난 내가

할 일은 마쳤고, 종말이 와도 인류의 앞날 같은 건 걱정하지 않아도 되니 홀가분하다.

내가 올비에게 말한다.

“12시에 전기가 들어온대. 또 알아? 그 전에 고칠지.”

“그럴까?”

올비가 냉소적인 말투로 대꾸한다.

“우리 절망은 12시 이후부터 하기로 하자.”

12시가 지난다. 바깥 날씨는 영하로 떨어지고, 여전히 전기는 들어오지 않는다. 실내 온도가 급속하게 내려간다. 컴퓨터 배터리뿐 아니라 몸의 배터리도 걱정된다. 가스버너로 라면을 끓여 먹는다. 어제부터 건강식을 하겠다고 작정했는데, 이런 식이다.

내일 아침, 중요한 프레젠테이션 준비를 해야 하는데, 컴퓨터는 핸드폰을 충전시켜 주고 이미 방전된 상태다. 저녁에는 냉동실에서 해동된 고기를 먹어야 할지 모른다. 때때로 비관적인 생각이 들지만, 어쩌겠는가? 종말이 온다고 외쳐봤자 아무 소용없다. 발버둥치는 걸 멈추면 가끔 편안한 느낌이 든다. 지금 내가 할 수 있는 것은 아무것도 없으니, 전기가 다시 들어올 때까지 잠을 자두는 편이 나을 수도 있다. 잠은 항상 유능한 해결사였다.

늙음도
공평하지 않아

인생의 최종 결산은 대단한 재산도 자식의 성공도 아니다.
하루하루를 보내는 마음의 습관과 자세일 뿐이다.

시아버지는 반세기 전에 부르고뉴에 있는 허름한 농가를 사서 손수 고쳤다. 건설회사 중역으로 일했지만, 그는 집 수리에는 그다지 재능이 없었다. 망치로 손가락을 치고, 사다리에서 떨어지고, 이마는 여기저기 부딪혀 생채기가 가실 틈이 없었다. 50년 된 시골 농가는 어쩔 수 없이 그런 집주인을 닮는다. 엉성하게 개조가 되면서 늙어갔다.

시아버지가 세상을 떠난 뒤, 시어머니는 시골집에 발을 들여놓지 않는다. 농가는 그들이 함께한 인생이었고, 집 안 구석구석 남아 있는 그의 흔적을 마주할 자신이 없는 것이다.

그들은 해마다 여름 한철을 시골 농가에서 보냈다. 그들이 가장 행복했던 시기는 시골집에서 애완견과 손주들을 돌보며 보낸 시절이리라. 허름한 나막신과 구멍 난 스웨터를 입고 햇살을 받으며 마당 앞 잔디에 누워 있는 시아버지, 해질 무렵 아이들과 오솔길을 산책할 때 그의 행복한 모습을 기억한다. 늦은 오후가 되면 시어머니는 타르트 반죽을 냉장고에 숙성시켜 두고 거실 안락의자에 앉아 책을 읽었다. 괘종시계가 똑딱거리는 소리, 전나무 숲에서 간간히 바람 소리만 들렸다. 그녀는 책 속으로 혼자 여행을 떠나곤 했다.

애완견은 주인보다 먼저 죽고, 아이들은 성장하고 독립한다. 자기를 위한 즐거움의 뒷방을 마련해 본 적 없던 시아버지의 인생에서 애착관계가 차지했던 자리는 습관적인 불안과 죽음에 대한 두려움으로 채워졌다. 그는 할아버지, 남편, 아버지 역할이 아닌 자신으로 돌아가는 방법을 몰랐다. 말년에 그에게는 가족이라는 끈, 오후 시간을 죽이기 위한 숫자 퍼즐, 그리고 병원 진료가 전부였다. 인생의 최종 결산은 대단한 재산도 자식의 성공도 아니다. 하루하루를 보내는 마음의 습관과 자세일 뿐이다.

몇 년 전 그는 나에게 말했다.

"아무것도 혼자서 할 줄 아는 것이 없는 그녀가 걱정이야."

그가 죽음을 염두에 두고 남겼던 유일한 말이다.

품앗이 같은 인생, 자식을 독립시키고 나면 독립이 어려워진 노부모를 보살피는 시간이 찾아온다. 시어머니의 재활병원에 간다. 엘리베이터에서 내려 걸어가면서 열린 병실 안을 본다. 깨끗하고 넓은 병실들은 지나치게 조용하다. 허공을 마주보는 초점 없는 시선들……. 현대의학은 노인들의 생의 시간을 연장시켜주고, 노인들은 그렇게 얻은 시간을 다시 죽여야 한다.

시어머니는 병실 의자에 앉아 헤드폰을 끼고 오디오북을 듣고 있다. 이제 돋보기를 쓰고도 책을 읽을 수 없을 만큼 시력이 나빠졌다. 문학은 쇠락하는 육체에는 무용하지만, 항상 똑같은 얼굴로 쓸쓸한 노년을 동반한다.

"무슨 책이야?"

내가 묻는다.

"무라카미 하루키의 『댄스 댄스 댄스』."

"소설은 어때?"

"무라카미 소설은 항상 좀 갑작스럽고 기이하지만, 무척 흥미로워. 특히 간결한 문체가 좋아."

구십 세 노파의 문학적인 호기심과 기억력만큼은 노쇠의 기미가 보이지 않는다.

빛이 잘 드는 쾌적한 병실, 누군가 그리 나쁘지

않은 식사와 약을 챙겨주지만 그녀는 집으로 돌아가고 싶어 한다. '독립(Autonomia)'은 라틴어로 '자신(autos)'의 '규칙(nomos)'이라는 뜻이다. 율법 같은 일상의 규칙, 오랜 세월 차곡차곡 쌓인 습관의 제국이 그녀가 돌아가고 싶은 곳이다.

나는 그녀가 쓸쓸하게 읊조리는 소릴 듣는다.

"저녁 시간은 정말 길다."

병실에서 빠져나와 엘리베이터를 누르는 내 표정을 보며 올비가 말한다.

"인생 말미는 대부분 그런 거지."

마치 자신에게 던지는 주문처럼 들린다.

내가 말한다.

"아니야. 인생의 다른 모든 것처럼 늙음도 공평하지 않아. 한국에 계신 어머니는 매일 1킬로미터 이상 걸어. 일주일에 두 번 아쿠아 운동을 하고 나서 친구들과 식사를 해. 아직 치매에 걸리지 않고 살아 있는 노인들이지. 일주일에 세 번 교회에 나가. 설교 말씀도 좋지만, '권사님 오늘 입으신 옷이 정말 어울려요' 이런 소릴 듣는 것도 기분 좋은 거야."

올비가 대꾸한다.

"누가 알았겠어? 괴로운 남편을 견디고 사는 것보다 일찍 황혼이혼을 해서 자유롭게 사는 것이 행복한 노년을 누리는 방법이었다는 것을."

선택이 운명을 바꾼다는 것은 기막힌 속임수다. 선택은 또 하나의 자신이다.

파리에서 두 시간이면 비행기로 날아갈 수 있는 프라하 여행이 꿈이었던 시어머니, 남편 없이 혼자 여행하는 것을 상상할 수 없었던 그녀는 탁자 위에 슬쩍 프라하 여행 팸플릿을 올려놓아 보기도 했지만, 시큰둥한 남편의 반응을 보고 팸플릿도 꿈도 접었다.

진정한 독립은 자기 욕망과 행복을 타인이 결정하게 내버려두지 않는 것이다. 남편이 먼저 세상을 떠나고 비행기를 타는 일조차 영원히 불가능해진 재활병원에서 그녀는 후회로 변해버린 꿈을 다시 꺼내본다. 하지만 늙음은 후회조차 빛바래게 만든다.

단비와 코

자기가 가진 풍요로움을 모르고,
항상 남이 가진 걸 탐내도록 가르치는 세상에서
크든 작든 자기가 가진 것이
더 어울린다고 생각하는 것이 백번 낫다.

올비는 내 코가 성형수술을 한 거라며 이젠 실토하라고 농담한다. 픽 코웃음 치지만, 내 코는 아닌 게 아니라 가족 중에서 아무도 닮은 사람이 없다. 굳이 찾아보면 닮은 사람은 나와 피 한 방울 섞이지 않은 올비다. 반면 동양인 치고 그리 작지 않은 코를 가진 나와 유러피안 사이에서 태어난 단비는 코가 좀 작은 편이다. 코라는 신체 부위는 유전적 형질보다 고유한 개체의 특성인가 보다 생각한다.

얼마 전 차를 타고 가다, 조수석에 앉은 단비 옆모습을 본다.

"단비야. 네 코가 자란 거 같아."

단비가 그 소릴 듣자마자 손으로 코를 잡더니 '꺅' 하고 비명을 지른다.

"싫어. 싫단 말이야. 어젯밤 꿈을 꿨어. 코를 바꿔치기하는 이상한 꿈이었어. 엄마 코를 내 얼굴에 붙였는데 얼마나 괴상했는지 알아?"

단비는 조수석 앞 거울을 내리더니 정말 코가 자랐는지 걱정스럽게 살핀다.

내가 말했다.

"아마 세상에서 내 코를 못마땅하게 생각하는 사람은 너뿐일 거야."

단비가 나를 위안하듯이 말한다.

"엄마 코는 엄마 얼굴에 어울려. 하지만 내 얼굴에는 내 코가 어울린다고."

그 말을 듣고, 문득 생각한다. 자기가 가진 풍요로움을 모르고, 항상 남이 가진 걸 탐내도록 가르치는 세상에서 크든 작든 남의 코보다 자기가 가진 코가 더 어울린다고 생각하는 것이 백번 낫겠지.

다시 한번 단비의 코를 흘깃 훔쳐본다.

'그래도 내 눈엔 좀 작은데…….'

정육점 주인
람단

인생은 힘들다. 하지만 운다고 달라지는 건 없다.

동네 정육점 주인 람단은 알제리 남자다. 말 그대로 파리만 날리던 정육점을 인수했는데, 문을 열자마자 질 좋은 소고기와 양고기 사는 손님들로 가게가 장사진을 친다. 나도 오랜 단골 정육점을 버리고 람단의 단골이 된다.

람단의 정육점에서 차례를 기다리며 민첩하고 재빠른 그의 칼질을 보고 있으면 머릿속이 정화되는 것 같다. 람단은 왼쪽 검지 한 마디가 없다. 언젠가 한 손님이 잘린 손가락 사연을 물었을 때 그는 씩 웃으며 아무렇지 않은 듯 대꾸했다.

"수업료죠."

람단은 정치나 교육 문제에 확고한 자기 소신이 있다. 한번은 키 큰 영국 노파와 유창한 영어로 대화하는 걸 본다. 가게를 빠져나가는 노파의 중후한 뒷모습을 보면서 람단이 나에게 말한다.

"등 봤니? 저 나이에 놀라울 만치 반듯하지?"

그리고 혼잣말처럼 중얼거렸다.

"일 같은 건 평생 한 번도 해본 적 없는 것 같아."

문득, 힘겨운 이주민의 삶을 눈치챈다. 정육점 일이 그렇지만 그들은 금요일 낮기도 시간 빼고는, 새벽부터 늦은 저녁까지 쉬지 않고 일한다. 가게 번창은 알라의 축복이 아니라, 신성한 노동이 이룬 눈물겨운 성과다.

집에서 나와 길모퉁이를 돌면 람단 가게가 보인다. 그는 고기를 썰다가도 지나가는 나를 보면 손을 크게 흔든다. 어떤 날은 길에서 나를 먼저 보고 뒤에 숨어 있다가 장난삼아 놀래 주기도 한다. 서울에서 온 조카 눈에는 신기한 모양이다.

"저 아저씨들은 어떻게 항상 친절하고 맨날 웃어?"

"뭐 웃으면서 일하는 게 건강에도 좋겠지."

몇 년 전, 길거리에서 우연히 람단을 마주쳤는데 나에게 넌지시 물었다.

"걷는 모습을 뒤에서 봤어. 네 걸음걸이가 평소에 그렇지 않다는 걸 알아. 너 요즘 아프지?"

내가 항암치료를 받는다고 했을 때 그는 호들갑스러운 위로나 걱정 대신 담담하게 말했다.

"몇 년 전 아내가 암수술을 한 뒤 장파열이 왔어. 그 소식을 듣고 정신이 반쯤 나간 채 일을 하다, 기계에 손가락이 잘렸어. 순간 손가락을 가지고 응급실로 뛰어야 하는지 아내가 있는 응급실로 가야 하는지 결정할 수 없었어."

그는 비밀을 털어놓듯 말했다.

'인생은 힘들어. 하지만 운다고 달라지는 건 없어.'

나는 때때로 이 문장을 떠올린다.

아침 일찍 정육점에 간다. 람단이 날 보고 인사한다.

"안녕하쎄요~"

요란스러운 아랍 주인의 한국말 인사에 줄 선 손님들이 고개를 돌려 날 힐끔 쳐다본다.

내가 람단에게 묻는다.

"잘 잤니?"

"응. 항상 잘 자. 너는"

"응. 항상 깨."

"몇 시에?"

"3시에."

갑자기 람단과 그의 동생 메레즈가 동시에 웃음을 터뜨린다.

알제리 사람들에겐 불면증이 없나. 내가 깜짝 놀라 묻는다.

"너희들은 이런 것이 웃기다는 말이지?"

며칠 뒤 람단은 고기를 사 가지고 나가는 나를 불러 세워 놓더니 봉투 하나를 내민다. 열어보니 유기농 수면용 티백이다.

이곳을 떠나 지내다 보면 정작 그리운 건, 프랑스 요리도 가족도 아니다. 작은 책방과 테라스가 있는 모퉁이 카페, 지나가는 나를 보고 반갑게 손 흔들어 주는 상점 주인, 사람들의 일상적인 삶이 편안하게 펼쳐지는 동네 골목 풍경이다.

완벽한 휴가

삶의 기쁨을 붙들자. 살아 있는 시간만이 우리 것이다.

– 페르시우스

"얼른 와. 여기 천국이야."

카나리아 테네리페 섬에서 혼자 휴가를 보내고 있는 친구 제안에 마음이 흔들리긴 하지만, 비행기 티켓을 사고, 규격에 맞춰 가방을 싸고, 공항 안전검색대를 통과하는 일이 점점 귀찮아지기만 한다. 커트 보니것 옹의 조언을 떠올린다.

'칼슘을 많이 드시고, 당신의 욕구에 친절하십시오. 욕구들이 다 사라져버릴 때는 그리울 겁니다.'

저지르듯 비행기표를 사고 이틀 뒤, 친구가 기다리는 테네리페 공항에 도착한다.

연평균 기온이 23.4도인 카나리아 섬, 차고 넘

치는 것은 햇빛과 바람이다. 대서양의 거친 파도가 만든 용암 절벽 아래 검은 모래는 보드랍고 보석처럼 빛난다.

친구가 말한다.

"1년 내내 해가 나는데 덥지 않아. 게다가 사람들이 너무 친절해."

긴 베를린 겨울에 지친 친구는 카나리아 햇빛을 마주하면서, 드디어 인생의 답을 찾은 것처럼 보인다. 바닷가에 갔다 우연히 들어간 식당에서 주문한 샐러드와 1유로짜리 생맥주 맛에 반해, 당장 테네리페 섬으로 이주할 것처럼 목소리가 들뜬다. 햇빛은 인간을 단순하게 만드는 면이 있다.

엘포리스 해변 근처 아파트 창문으로 대서양이 보인다. 나는 섬에 도착한 이후, 과연 햇빛과 이런 바다의 축복에 견줄 수 있는 도시의 삶의 가치는 무엇일까 하는 생각에 잠긴다.

숙소 근처 해안을 산책하다 방파제에서 한 노인이 생선을 낚아 올리는 광경을 본다. 손바닥보다 조금 큰 물고기는 찌에서 풀려나와 바다로 돌아가려고 필사적으로 파닥거린다. 나도 모르게 침을 꼴깍

삼킨다.

한 소년이 방파제에서 바닷가로 기운차게 뛰어들며 물보라를 일으킨다. 광활한 대서양은 몸을 담그기엔 차갑지만, 바다색의 깊이와 강렬한 파도는 영혼을 씻는 힘이 있다.

해가 지는 시간, 바다가 보이는 바에는 목을 축이러 나온 사람들로 가득 찬다.

주문한 생맥주의 맥아 향과 산뜻한 탄산 맛에 깜짝 놀라 말한다.

"만약 이런 곳에 살면, 이렇게 싸고 맛있는 생맥주 유혹을 참고 사는 것이 제일 힘들 것 같아."

스페인어 틈에서 주고받는 한국어는 오붓하다. 산을 오르면서, 바닷가를 거닐며, 우리는 소곤소곤 이야길 주고받는다.

친구는 외로움에 관해 이야기하기도 한다. 한 존재와 살았을 때의 외로움, 혼자가 되었을 때의 외로움, 때로는 완전히 길을 잃은 것 같은 외로움. 그리고 어떤 경지에 이른 것 같은 외로움.

친구는 혼자 되는 것에 대해 말하고 나는 혼자 서는 것에 대해 말한다. 사람들은 연애하기도 하고,

헤어지기도 한다. 결혼을 선택하거나 아이를 낳기도 한다. 때로는 이혼하기도 하고 배우자를 먼저 보내기도 한다. 어디에 있든지 자기 안에서 길을 잃지 않는다면 괜찮다.

비극의 서사는 자신을 맡아주거나 책임져줄 타인을 기대하는 것이다. 자신은 벗어던져야 할 무거운 짐가방이 아니다. 신을 비롯해서 타인이란 구원이 아닌 위로일 뿐, '자신'을 위탁할 곳은 세상에서 오로지 자신뿐이다. 어떤 사람은 용기 없이 도망치거나 모호한 희망을 가지고 살면서, 타인들의 시선으로 절망한다.

고통을 전면으로 마주하고 자신을 들여다봐야 한다. 온전한 자기 자신으로 절망을 겪는다면 죽음에서조차 자신만의 의미를 발견해낼 수 있다. 결국은 자신을 찾는 일이다.

카나리아 섬은 지역에 따라 바람의 편차가 크다. 검은 모래해변이 있는 소박한 어촌마을은 바람이 많지만, 관광객이 많지 않다. 우린 동네 슈퍼에서 호기롭게 가장 비싼 와인을 고른다. 바다가 보이는 테라스에 해물요리로 저녁 식탁을 차린다.

친구에게 말한다.

"아주 좋은 와인 마시고 싶어 했지? 아무리 좋은 와인도 누구랑 마시냐가 중요한 거야."

"둘 다니까 된 거지."

친구는 피식 웃으며 잔을 부딪친다.

영혼까지 덥히는 카나리아의 햇빛, 3박 4일 선물 같은 휴가를 보내고 테네리페 공항에서 헤어져 베를린과 파리로 돌아온다.

친구 문자가 도착한다.

[모든 면에서 완벽한 휴가였어!]

마담 페루

때로는 일상이라는 여행이
각별하고 따스하게 느껴지는 순간이 있다.

슈퍼에서 필요한 물건을 골라 계산대로 가는데 페루 부인이 보인다. 멀리서 봐도 움직임이 쇠약해진 걸 알아챘다. 해가 짧은 겨울이면 그녀는 힘들어한다. 마담 페루는 계산대에서 나를 발견하자 의기소침했던 얼굴에 갑자기 생기가 돈다. 눈짓하며 나에게 앞에 서라며 얼른 자리를 내준다.

"마담 르그랑, 당신은 언제 봐도 아름다워요. 정말이에요. 당신 머리칼을 보세요. 너무 부럽다고요. 당신을 따라잡는 건 이미 망했지만."

페루 부인의 주요 관심사는 항상 머리칼이다. 나도 사랑스러운 노부인 농담에 장단을 맞춘다.

"그러니까요. 따라잡으려면 더 분발해야겠어요."

"당신은 집에서 기다리는 아이들이 있잖아요."

그녀는 아이들이 집에 있는 것이 노부인의 앞자리를 빼앗을 만한 특권인 듯 말한다. 내가 라임과 비스킷을 계산대에 올려놓으면서 소곤거린다.

"이젠 애들이 집에 없어요."

"아?"

"하나는 독립했고, 또 하나는 남불 연구소에 있어요."

페루 부인은 갑자기 측은한 눈빛으로 묻는다.

"슬픈가요?"

"우린 좋은 시간을 보냈어요. 이젠 새로운 시간이 온 거죠."

아무 생각 없이 대꾸하고 났더니, 정말 그런 기분도 든다.

"아. 어쨌든 당신 아이들은 대단해요. 우리끼리 비밀이지만 내 생각에는 아무래도 당신 덕분이라고 생각해요."

"어머. 어떻게 알았죠? 저도 그렇게 생각해요."

내 맞장구에 노부인이 깔깔대고 웃는다.

"요즘 어떻게 지내세요?"

내가 묻는다.

"날씨만 이러면 우울해져요. 날씨 말고 나에게 고통을 주는 건 없어요. 6개월 된 아이를 유산한 뒤부터……. 그래도 이렇게 당신과 이야기하면 기분이 좋아져요."

학교 다닐 때 공부에는 전혀 관심이 없었고, 매일 깔깔거리고 웃는 일만 찾아내다 야단맞는 일이 다반사였다는 이야길 마담 페루가 해준 적이 있다. 50년 전, 원했던 아이 대신 우울증이 그녀의 인생을 차지해버렸지만, 상냥한 천성만큼은 우울증도 어쩌지 못한다.

"페루 부인은 자주 집에서 나와야 해요."

내가 말한다.

아파트까지 걸어오는 동안 이웃이었던 주치의가 은퇴하기 때문에 새 주치의를 찾아야 하는 어려움을 이야기한다. 한겨울에도 나는 잠옷 입은 아이를 데리고 진료실로 내려갈 수 있었다. 마담 페루에게 여의사는 우울증약 처방을 해주면서 따뜻한 말동무가 되어 주었을 것이다. 20년 동안 더할 수 없이 편안한 여행을 하는데 갑자기 종점에 도착했다고 흔들어 깨운 것이다.

그녀가 말한다.

“어떻게 해야 하는지 생각만 해도 눈앞이 깜깜해요.”

“슬리퍼를 신고 진료실을 들락거렸으니 그동안 운이 좋았던 거죠. 어떻게든 방법이 생길 거예요. 이제부터 아프지 않는 것도 방법이고요.”

엘리베이터에서 내리며 농담과 함께 인사를 던진다.

내가 말한다.

“언젠가 나도 이곳을 떠나는 날이 오면 당신이 제일 보고 싶을 겁니다.”

“그거 알아요? 당신보다 내가 당신을 훨씬 보고 싶어 할 거라는 걸.”

그녀는 엘리베이터 안에서 활짝 웃으며 손 키스를 보낸다. 나는 미소를 머금은 채 아파트 문을 연다. 기억과 습관이 스며든 공기를 깊이 들이마신다. 때로는 일상이라는 여행이 각별하고 따스하게 느껴지는 순간이 있다.

로맨스와 음악

"그럼 지금까지 살면서, 많은 사람들을 만났을 거 아냐. 저 정도라면, 하는 남자는 있었어?"

친구에게 묻는다.

그녀는 "음, 음" 하고 웅얼거린다.

친구는 오십이고 싱글이다. 한참 있다가 들릴 듯 말 듯한 목소리로 말한다.

"아니……."

"그런데 연애할 수 있는 대상이 꼭 어딘가에서 기다리고 있는 것처럼 말해?"

"아냐. 난 남자를 만날 거야."

그녀가 힘주어 말한다.

음악이 주는 지속적인 전율보다
변덕스러운 로맨스가 위대하다고
누가 감히 말할 수 있는가?

로맨티시즘은 사랑에 빠지는 욕망을 생존 의지와 일치시키는 쾌거를 이룬다. 대체 로맨스에 대한 환상은 어디서 오는 걸까.

J는 영국 어느 도시의 록페스티벌에 갔다가 파리에서 한국으로 귀국하는데, 지갑을 도둑맞아 빈털터리가 되는 바람에 나에게 도움을 청하러 온다. 집주소를 알려주고 시간에 맞춰 그녀를 마중 나간다. 길 끝에서 그녀를 보는 순간 내 눈을 의심한다. 자기 몸집 두 배만 한 캠핑 백을 등에 메고 내 쪽으로 한 발짝 한 발짝 걸어오고 있는 움직임이 흡사 작은 몸이 짐덩이에 깔려 죽지 않으려는 안간힘처럼

보인다. 그 무거운 캠핑 백을 메고 영국에서 와 내 앞에 서 있는 것이 기적처럼 느껴진다.

동네 레스토랑 테라스에서 스테이크와 감자튀김, 생맥주를 시켜준다. 그녀는 맥주를 시원하게 들이켜더니 천진한 웃음을 짓는다.

"몇 끼를 굶었는지 몰라요."

내가 그녀에 대해서 아는 것이라고는 40대 중반이고 여성문제연구소에서 일하고 있다는 정도가 전부다.

"전요. 결혼도 한 적 없고, 연애도 한 번도 한 적 없어요."

그녀가 말한다.

내가 반문한다.

"연애도? 한 번도?"

그녀는 그렇다고 한다. 이가 하얗게 보일 정도로 까맣게 탄 얼굴을 보면서 그녀에게 묻는다.

"대체 그 록페스티벌이 얼마나 근사하길래 이런 고생을 해?"

그녀가 말한다.

"전요. 한 번도 누군가에게 연애감정을 느껴본

적이 없어요. 연애가 필요하다고 느낀 적도 없고요. 그냥 그렇게 생겨먹은 거죠. 그런데 무대에서 내가 좋아하는 록그룹을 보는 건요. 어떻게 설명하면 좋을까? 짐작건대 보통 사람이 사랑할 때 분비되는 옥시토신이나 엔도르핀의 한 백배 정도는 될 거예요. 그러니까 록페스티벌은 며칠 동안 엑스터시가 지속되는 거죠."

그녀의 눈빛에서 그 전율이 어떤 것인지 조금은 상상할 수 있을 것 같다. 전율 때문에 그녀를 며칠 동안 텐트 안에서 먹고 자면서 불편함을 감수하고, 바깥에서 누군가 뿌리는 페트병 오줌을 뒤집어쓰고, 지갑을 도둑맞고도 해죽해죽 웃게 만드는 것이다.

열정과의 거래라면, 음악이 주는 지속적인 전율보다 변덕스러운 로맨스가 위대하다고 누가 감히 말할 수 있는가?

엄마가
차려준 식탁

그저 산대로 우린 죽을 것이다.

우리의 삶이 거울이다.

S를 만나면 나는 혼자 떠든 기분이 든다. 다음부터는 입을 좀 다물어야지 다짐하지만, 이런 결심은 속수무책이다. S가 초롱초롱한 눈으로 "그래 르와얄. 요즘 어떻게 지내?"라고 물으면, 주문에 걸린 사람처럼 고주알미주알 일상을 꿰어 바친다.

우린 많은 대화를 나눈 사이라, 내 이야기에 대한 그의 반응을 거의 짐작할 수 있다. 예를 들어, S는 내가 아이들에게 특별한 식사를 챙겨주는 장면을 그대로 넘기지 않는다. 그는 파안대소하며 "르와얄! 세상에! 울랄라……. 너 아니? 그 정도 나이면 이제 혼자 식사쯤은 챙겨 먹을 수 있는 거야!"라고 말한다. 그 말을 들으면서 뻘쭘한 기분이 들지만 변명하지 않는다. 프랑스어로 꿈을 꾸고, 30년 동안 프랑스 말을 하고 살아도, 깜짝 놀랄 때 내 속에서 "에구머니!"라는 한국말이 튀어나오는 것처럼 사람마다 자기도 어쩔 수 없는 유전자 코딩이 있다는 것을 인정한다. 만약 자식에게 끼니 챙겨주는 일이 프랑스법으로 처벌 받는다 해도 나는 불법을 저지를 사람이다.

한국 어머니 집에서 지내면서, 나는 어머니 속

에서 무수한 나를 발견한다. 양파 반의 반쪽을 다 넣지 않고 남기는 습관, 누군가 물건을 찾으면 꼭 같이 찾고 말아야 하는 지나친 공감 의식, 딱 좋아하는 음식 아니면 입이 동하지 않는 까다로움, 자식 끼니 챙겨주는 일을 지상 과업으로 생각하는 것도 그렇다.

어머니는 내가 차려주는 밥상을 받아도 되는 노모지만, 그건 어머니 존재를 위협하는 일이라는 걸 알기 때문에 나는 가만히 어머니가 차려주는 밥상을 받는다. 어머니는 내 끼니에 집중한 나머지 가끔 내 얼굴과 밥그릇을 혼동하기도 한다.

옛날 홍대에 '엄마가 차려주는 식탁'이라는 음식점이 있었다. 그 집 메뉴에는 이모 정식, 고모 정식, 그리고 엄마 정식이 있었다. 당연히 엄마 정식이 두 배로 비싸고 푸짐했다. 어머니가 차려주는 식탁은 맛있다. 어머니는 내가 좋아하는 미나리무침과 짠지, 나물 몇 가지를 조물조물 무친다. 식탁에는 막 짠 참기름 냄새가 고소하다. 어머니가 만든 몇 가지 담백한 반찬이면 나는 행복해진다.

엄마가 바친 시간으로 자식은 호사를 누린다. 나는 성인 된 아이들 밥상을 차려주고, 어머니는 내

밥상을 차려준다.

누군가 이런 질문을 하는 걸 듣는다.

"당신이 죽고 난 뒤 어떤 사람으로 기억되길 바라나요?"

그저 산대로 우린 죽을 것이다. 우리의 삶이 거울이다. 그래서 나는 나의 어머니처럼 '맛있는 밥상을 차려준 엄마'로 기억된다면 그걸로 만족한다.

저녁 산책

저녁 6시가 넘었는데, 가로등에 불이 켜지지 않은 것이 이상하다는 생각이 드는 순간 계절 시계가 하지로 향한다는 걸 눈치챘다. 이제부터 해가 점점 길어진다. 해마다 이맘때면 잊었던 코트 호주머니에서 지폐를 발견한 듯 횡재한 기분이다.

나는 15분을 챙겼는지 시간을 확인한다. 운동 클럽까지 빠른 걸음으로 7~8분 거리지만, 몇 분을 보태면 느긋한 산책으로 바꿀 수 있다. 거리의 미세한 움직임을 관찰하고, 사색하며 걷기에 충분한 시간이다. 발렌타인데이라 그런지, 시립수영장 앞 카페테라스에 유난히 사람들이 북적인다. 들뜨고 달

하나의 행복이 아닌 '바로 그 행복',
이따금 산책은 나에게 바로 그런 행복을 허락한다.

콤한 기운이 저녁 공기에서 느껴진다.

한곳에 20년을 살다 보면 거리 풍경도 나이 드는 것을 느낀다. 이웃 프리바 씨가 개를 산책시키는 모습은 이 거리에서 친숙한 일상이었다. 그는 친절하고 기품 있는 사람이었다. 애완견이 죽고 나서 급격하게 늙으며 알츠하이머에 걸렸다. 개를 산책시키는 습관 때문이었는지 그는 혼자 동네를 돌아다녔다. 잠바에 양손을 넣고 고개 숙인 채 잃어버린 영혼을 찾아 헤매는 듯한 모습도 이제 거리에서 영원히 사라졌다. 개를 산책시키는 마담은 노파로 변하고 산책시키던 개도 품종이 바뀐다. 거리라는 무대만 빼고 결국 모든 것이 바뀐다.

빅토르위고 거리로 들어선다. 동네 한가운데 있으면서 마치 외딴 장소처럼 조용한 길이다. 이곳에 들어설 때마다 나는 이 길이 나를 기다리고 있다는 느낌이 든다. 길게 나뭇가지를 늘어뜨린 미루나무 가로수들 때문인가? 길갓집과 가로수 사이를 걸으면 내면의 오솔길처럼 마음이 고요해진다. 생각의 초점을 멀리하고 걸을수록 나를 둘러싼 공간은 따스한 이불처럼 친숙하고 편안하다.

건널목을 지나 클럽이 보이는 골목으로 들어선다. 길모퉁이 낡은 건물 1층 오래된 레스토랑 간판은 60년대에 사용한 글씨체다. 오래되고 쇠락하는 것들은 지워진 기억의 일부분을 자석처럼 끌어당기지만, 형체를 만지려면 금방 사라지고 만다.

운동이 끝나고 다시 거리로 나올 때, 저녁 하늘은 짙은 코발트빛으로 바뀌었다. 낮은 메종이 즐비한 골목에 오렌지빛 가로등이 일제히 켜진다. 매혹적인 저녁 풍경이다.

조금 전 오래된 건물 2층 창문으로 환하게 불 켜

진 아파트 내부가 보인다. 나무 바닥, 이음새가 바르지 않은 벽, 그리고 그 안에 사는 누군가의 소박한 삶을 상상하며 홀린 듯 시선을 고정한 채 걷는다.

저녁 풍경과의 내밀한 만남, 문득 세상과 내가 부드럽게 연결되어 있다는 것을 느낀다. 저녁 풍경이 주는 감각적인 희열을 음미한다. 이 순간 나는 가장 완벽하게 존재한다.

길모퉁이를 돌자 어슴푸레한 저녁 거리 한가운데 불빛 없는 책방 간판이 또렷하게 보인다. 'Le bonheur', 하나의 행복이 아닌 '바로 그 행복'이다. 이따금 산책은 나에게 바로 그런 행복을 허락한다.

놓친

기차 여행

기차를 놓치고,
엉뚱한 기차를 잡아타고 시간을 몽땅 잃어버렸지만,
어쩐지 어제보다 더 많은 걸 가진 기분이 든다.

베를린 중앙역에서 파리로 돌아가는 기차를 탄다. 또 내 좌석은 달리는 기차 방향의 반대 좌석이다. 기차를 탈 때마다 그렇다. 기차가 출발하고 몇 분 지났을 때, 맞은편에 앉은 남자가 조심스레 말을 건넨다.

"전 자리를 예약하지 않았어요. 혹시 좌석이 불편하면 자리를 바꿔드릴게요."

나는 괜찮다고 말한다. 40대 초반으로 보이는 남자는 도수 있는 안경 안쪽으로 섬세한 눈을 가졌다.

내가 친구에게 문자를 보낸다.

[우린 말이지. 아무래도 남자를 너무 쉽게 골랐

던 것 같아. 어쩌면 섭세하고 자상한 남자를 만날 수 있었을 텐데.]

[언니는 그런 남자랑 안 어울려.]

내가 남자에 대한 환상이 있다면, 동네 마르셰 생선가게 주인 같은 사람이다. 지긋한 나이인데 부드러운 인상을 가졌다. 생선 손질을 하다 눈이 마주치면 윙크를 보낸다. 그런데 뭐랄까. 담백하다.

장사가 만족스럽냐고 물으면 이렇게 대꾸한다.

"전요. 항상 만족해요. 망치로 손을 쳐도 만족한다니까요."

아무리 힘든 상황에도 껄껄 웃는, 선선한 삼촌 같은 남자라면 이런 세상을 사는 데 든든할 것 같다. 하지만 그건 환상이 아니다. 조금이라도 뜨거운 냄비에 손가락이 닿을라 치면 죽어라 소리치는 남자랑 살고 있기 때문에 생긴 일종의 바람이다.

앞에 앉은 남자가 쓴 마스크 끈이 하나 떨어져 불편해 보이기에 새 마스크를 꺼내서 준다. 남자는 대단한 선물을 받은 것처럼 고마워하며 자기 이름을 소개한다. 목관 악기처럼 부드러운 음색이 마음에 든다. 30년 동안 프랑스 툴루즈에 살았기 때문인지 프랑스어에 독일 악센트가 전혀 없다. 어떤 이유인지 모르지만, 독일 사람들은 프랑스 사람들보다 외국어에 재능이 있다.

16세기 크로매틱 스케일로 현대음악을 작곡한다는 그는 화가인 아내 전시 오픈을 보러 툴루즈로 가는 중이다. 고개를 숙였을 때 갈색 곱슬머리에 흰머리가 조금씩 생겨나는 것이 보인다. 미장원에서 머리를 자르지 않는 사람들. 그런 사람들을 안다. 타인의 욕망으로 자신을 채우지 않고, 자유를 위해 무엇을 버릴지 아는 젊고 검소한 예술가들…….

내가 묻는다.

"베를린에 사는 건 어때요?"

"알잖아요. 어떤 도시의 매력은 살아봐야 아는 것이 있어요. 베를린이 그래요. 예를 들면, 파리지앵들은 결혼하면 일찍 집으로 들어가지만, 베를린 사람들은 테라스에서 많은 시간을 보내요. 베를린의 여름은 정말 특별하죠."

한국영화 이야기로 대화 물꼬를 튼다. 그는 봉준호 감독의 재능이 수많은 단서와 상징, 영화적 장치를 능수능란하게 주무르는 천재성이라기보다 관객에게 질문을 던지게 하는 능력인 것 같다며 말한다.

“〈마더〉라는 영화에서 생활고로 자살하려는 엄마가 자식을 죽이려고 했던 것을 이해할 수 없었어요.”

내가 말한다.

“어렸을 때 우리 엄마는 자식이 속썩일 때 이렇게 말했어요. 너 죽고 나 죽자고. 그런데 실제로 한국에는 부모가 자식을 죽이고 자살하는 사건들이 꽤 있어요. 자식을 부모의 소유물이라고 생각하는 거죠. 아마 영화는 자식의 몸과 인생, 심지어는 섹스까지도 책임져야 할 몫이라고 생각하는 한국 모성의 도그마를 말하고 싶었던 거라 생각해요. 광적이면서 이기적인 모성이지요.”

대화는 창문에 부딪치는 빗물처럼 번지고 이어진다. 그는 아내의 그림을 보여주고, 자신이 작곡한 음악도 들려준다. 사람의 내면은 인상으로 외화된다. 축적된 시간과 궤적은 한 사람의 몸과 얼굴을 만든다. 대상에 대한 배려심 있는 말투, 문화적인 호기심, 질문을 던지는 방식도 그렇다.

만하임에 도착해서야 대화에 골몰한 나머지 기차가 연착한다는 방송을 듣지 못했고, 파리로 데려다 줄 기차가 이미 떠났다는 걸 알았다. 그는 만하임역 창구에서 내 기차표를 대신 바꾸어주면서, 자긴 파리에 툴루즈 기차 연결편이 없기 때문에 근처 호텔에서 자고 내일 출발해야 한다고 한다. 우리는 인사를 나누고 헤어진다.

역 벤치에 앉아 그가 준 껌을 씹으며 생각한다.

'시간이 고무줄 같다는 것이 꼭 이런 거군.'

만하임까지 오는 다섯 시간 거리가 한 시간 정도로 느껴졌을 뿐이다. 홈리스처럼 추운 벤치에 앉아서 기차를 기다리는데 약간 버려진 기분이 든다. 시간을 죽이고 있을 때, 거짓말처럼 그가 다시 나타난다.

"벤치에서 짐 때문에 혼자 화장실도 못 갈 거 같아 걱정되어 왔어요."

나는 물론 놀란다. 슬픈 건지 다행인 건지, 세심한 호의를 다른 의도로 의심하기엔 너무 젊거나 그 반대다.

그는 처음 본 인상 그대로 섬세하고 멋지다. 커

피를 마시면서 기차를 기다릴 때까지 잘 만든 영화처럼 모든 것이 완벽했다. 그와 다시 헤어져 기차에 올라탄 뒤, 낯선 역무원의 얼굴과 '슈투트가르트'라는 글자를 모니터에서 보는 순간, 중간에 뛰어내리지 않는 한 꼼짝없이 슈투트가르트까지 갈 수밖에 없는 신세라는 걸 알았다.

저녁을 먹으려고 나를 기다리는 현비에게 문자를 보낸다.

[기차를 잘못 타서 파리 동역이 아니라 지금 독일 남쪽 슈투트가르트로 가고 있어.]

[얼른 내려서 서쪽으로 쭉 걸어와.]

[나도 그러고 싶다.]

잘못 탄 기차 탓에 엉뚱한 역으로 가는 시간도 고무줄 같다. 40분이 네 시간 정도로 느껴진다. 파리에서 서울도 갈 시간에 나는 겨우 베를린에서 슈투트가르트까지 온 셈이다. 슈투트가르트역에서 표를 바꾸고, 파리 동역으로 가는 마지막 기차에 간신히 올라탄다.

혼자 중얼거린다.

'섬세한 눈빛을 가진 남자를 만나 정신 놓고 수

다를 떨지 않았으면, 이런 일이 생기지 않았을까?'

이런 익살극이 없다. 기차가 움직인다. 내 좌석은 또 기차와 반대 방향이다. 나를 파리까지 데려다줄 테제베 기차 칸은 아늑하다. 파리 동역까지 네 시간 동안 순전히 혼자 여행이다. 피곤한 가운데 갑자기 나른한 평화가 몰려온다. 기차를 놓치고, 엉뚱한 기차를 잡아타고 시간을 몽땅 잃어버렸지만, 어쩐지 어제보다 더 많은 걸 가진 기분이 든다.

행복하게 늙을 준비

인간은 죽음을 생각하며 살아야 한다.
죽음이야말로 헛것을 분별하는 눈을 열어준다.

독서의자에 앉으면 건너편 아파트를 뒤덮는 플라타너스와 하늘이 보인다. 의자 깊숙이 앉아 나무와 하늘을 보기 위해 커튼을 뗀다. 햇살이 귀한 겨울 문턱, 나뭇가지가 흔들리고 나뭇잎이 떨어지는 것을 본다. 저들은 소리 없는 저들만의 시간이 있다. 잎사귀를 떨구고 찬란한 봄을 기다리는 자연의 시간.

회사에서 뭔가 물어보려고 전화한 올비. 전화를 끊는 순간 문득, '우리'라고 하는 시간도 끝을 향해 소진하고 있다는 사실이 명치끝을 살짝 시리게 한다.

시티촬영 검사를 받으러 간다. 넓은 창으로 들

어오는 화창한 겨울 햇살이 대기실 안에 가득하다. 의자에 앉아 차례를 기다리면서 한 노부부가 나갈 채비를 하며 외투를 입는 모습을 본다. 서로 옷 입는 걸 도와주는 두 사람의 움직임은 저속촬영 영상을 튼 것처럼 느리다.

장 아메리가 쓴 문장을 중얼거린다.

"젊어서 죽고 싶지 않은 사람은 늙는 수밖에 다른 도리가 없지."

검사가 끝나고 대기실 의자에 앉아 결과를 기다리면서 다음 주, 위 절제 수술을 받는 동갑내기 친구를 생각한다. 한국에서 종합검진을 받다 암이 발견되기 전까지, 친구도 건강한 나라에 사는 평범한 주민이었다.

그녀가 나에게 말했다.

"자기가 살아보지 않으면 결코 알 수 없는 것. 이 암이라는 병이 그런 거 같아."

삶 한가운데서 일어나는 모든 사건은 개별적이다. 병도 고통도 죽음도 부딪치며 살아서 얻는 경험도 고유하다.

내가 친구에게 말한다.

“난 말이야. 옛날에 현비를 낳고 유모차를 밀면서 인생에 휴가를 얻은 기분이 들었어. 암이라는 병도 비슷한 거 같아. 모든 걸 내려놓는 그 순간 편안함을 동시에 느꼈어. 잠시 휴가 떠난다고 생각해.”

6개월 만에 병원 정기검진을 간다. 매번 골똘한 생각에 빠져 운전했기 때문인지 겨우 4킬로미터 떨어진 병원을 4년 동안 수없이 다녔지만 내비게이션이 없으면 길을 헤매고 만다. 도로변 체리나무에 성급한 꽃망울이 올라왔다. 유난히 따뜻한 겨울을 보내는 터라 봄소식이 호사스럽고 과분하다.

주치의가 검사 결과를 훑어보면서 묻는다.

“자. 마담 르그랑 어때요?”

“좋아요.”

하마터면 ‘행복해요’라고 말할 뻔했다.

“6개월 후가 마지막 검진입니다.”

“그렇다면 당신을 더 이상 못 본다는 말이죠?”

그가 슬며시 웃는다. 49퍼센트 생존율을 넘겼으니, 우등생으로 졸업하는 것이다. 우린 각자 역할을 잘 해냈다.

병원을 나서는데, 오후 봄빛이 찬란하다. 흐린 날도 있었겠지만, 병원 오는 날은 항상 날씨가 좋았다고 기억한다. 지난 4년 기억도 그렇다.

암이라는 병은 삶과 죽음의 차이가 백지 한 장보다 가볍다는 것을 깨우쳐준다. 나의 남은 시간을 특별하게 만들어준다. 삶의 아름다움을 알아차리기 위해서 이 모든 것이 한시적이라는 각성, 일상과의 미적 거리가 필요하다. 인간은 죽음을 생각하며 살아야 한다. 죽음이야말로 헛것을 분별하는 눈을 열어준다. 삶의 중력에 휩쓸리지 않는 곳은 자기 안의 심연이라는 것도 알게 된다.

때때로 고통 없이 숨 쉬는 것을 자각하는 순간, 육체가 존재하지 않는 것처럼 투명하게 느껴진다. 이전에는 느껴본 적 없는 편안한 행복감이다.

세상은 우리 시선으로 존재한다. 세상을 사랑한다는 것은 관심하고 집중하는 것, 일상의 작은 움직임, 햇빛 한줄기 속에서 의미를 찾아내는 능력이다.

이제 행복하게 늙을 준비를 마친 기분이 든다.

기술 중에 가장 위대한 이 기술,
즉 잘 사는 기술을 그들은 공부가 아니라
삶을 통해서 습득했다.

- 키케로

서재 이혼 시키기

초판 1쇄 인쇄 2023년 9월 10일
초판 1쇄 발행 2023년 9월 20일

지은이 이화열

펴낸이 한선화
편집 이미아
디자인 ALL contentsgroup
홍보 김혜진 | 마케팅 김수진

펴낸곳 앤의서재
출판등록 제2022-000055호
주소 서울 서대문구 연희로11가길 39, 4층
전화 070-8670-0900 | 팩스 02-6280-0895
이메일 annesstudyroom@naver.com
인스타그램 @annes.library

ISBN 979-11-90710-64-0 03810